新聞原理與編輯

銘傳大學新聞學系【編著】

新聞價值與要素的擷取有著亙古不變的原則。
讓我們漫步在新聞學的時光隧道，眺望新聞原理與編輯的曾經與未來。

序

　　這兩本書的出版是具有雙重意義。其一,為新聞傳播科系學生提供實用的教科書;其二,為紀念許志嘉老師。

　　撰寫教科書的構想,最起始的發想來自於許志嘉老師,也是前新聞學系主任。當初他一直認為,「新聞採訪與寫作」、「新聞原理與編輯」這兩門課是銘傳大學傳播學院的重點科目,學校花了最多經費及師資投注在這兩門課程,院上同時也敦聘多位實務界的前輩壯大課程的師資陣容,而老師們的上課內容精彩豐富,實在應集結撰書供學生參考。

　　有了這個念頭,志嘉就著手規劃,並拜託老師們共襄盛舉。那知就在要開始收稿時,竟發現志嘉罹患肺線癌,使得出書工作就此延宕下來。在志嘉對抗病魔之際,甚至到過世前,心中仍懸掛著這件事,讓人看了不忍,而自己也在志嘉彌留時,承諾會幫他完成這件事。在收集稿件時,一度找不到志嘉撰寫的稿子,但確信他在病中,仍忍著病痛寫了幾個單元。這兩本書若不能收錄到他的文章,總是一項缺憾。冥冥之中,似乎志嘉也幫忙推動這兩本書的誕生,居然讓我們在志嘉與他人往返的 e-mail 中找到了他的稿件。

　　兩本書的架構主要是配合課程的設計,《新聞採訪與寫作》這本書首先讓學生對新聞工作及新聞的本質有所認識,再說明採訪技巧及新聞寫作的基礎,了解如何進行採訪,及各類型新聞在採訪時的不同方法。接著指導如何將採訪到的素材撰寫成各類型的稿件,

包含新聞稿、特寫及專題。同時，書中也對在媒體實際運作中會遇到的突發狀況、新聞錯誤等，詳細解說因應之道。

《新聞原理與編輯》的內容則更多元，基本上它是結合「新聞學」、「新聞史」、「雜誌編輯」、「新聞編輯」等科目，而將其融合為一門課。所以在這本書中所看到的各單元，包含「新聞學」相關的新聞學概論、新聞價值、新聞自由、道德與法規等單元；「新聞史」相關的著名國際媒體介紹、著名華人媒體介紹等單元；「新聞編輯」相關的版面企劃與製作、標題製作、圖片編輯等單元；「雜誌編輯」相關的雜誌編輯企劃、雜誌編輯製作等單元。

兩本書中的各個單元，主要是以老師課堂授課內容為本，加上其實務經驗，並參酌相關書籍撰寫而成，務必使內容兼顧理論與實務。同時並依單元內容給予思考問題，讓讀者能就該單元進行復習或深度思索相關議題，且兩本書的各單元都設計實作作業，供讀者閱後練習。若對各單元內容想進一步了解，文後亦附上參考書目可供深度閱讀。

今天志嘉離開我們剛好一年，回想出書過程中的種種：邀稿、催稿、再催稿、洽談出版社、幫忙改稿、再改稿、校稿、再校稿及其他種種的瑣事，電話一通一通的打、稿子一次一次的催、文章一篇一篇的校，支撐我的是對志嘉的承諾。同時，也感謝所有提供稿件的老師，如果沒有你們，這兩本書是不可能出版的。相信在天上的志嘉也同樣的謝謝各位，更希望這兩本書的出版，可讓志嘉真的放心了。

最後也希望這兩本書，可以成為對新聞工作有興趣讀者的最佳入門書，也能成為新聞傳播科系學生最實用的教科書。

銘傳大學新聞學系
陳郁宜 2010/07/25

目　次

第一章　新聞學導論

呂郁女編寫

　　如果我們仔細審閱新聞事件的發生，似乎無一椿是完全相同的，而每一天媒體所呈現的世界圖像，也並不盡相仿。

　　彷彿有那麼一雙推動媒體往前邁進的手，建構著媒體的樣貌。新聞報導的角度容或因時代背景轉移，國家政治、經濟、社會環境的變遷而有差異，媒體產業結構中的每一個守門人可能因為商業考量而屈服社會壓力，新聞從業人員也可能因為新聞室的社會化而迷失自己的理想。然而，新聞價值與要素的擷取卻有著亙古不變的原則。讓我們漫步在新聞學的時光隧道，眺望新聞原理與編輯的曾經與未來。

第一節　新聞的定義與意涵

　　我國甲骨文中有一個人豎著耳朵作靜聽狀即為象形的「聞」字，對於「新聞」一詞，最早出現是在《新唐書》中，有一位名叫孫處玄的人，因感嘆缺少傳播海內外新鮮事的書刊，故而說：「恨天下無書以廣新聞。」此外，唐人尉遲樞將自己從南方收集到的一些民間新奇風俗、奇聞軼事匯集起來，寫成《南楚新聞》。

　　此處之「新聞」指的是新近所聽聞的傳說、故事，並不一定是新近發生的事件。自有人類以來，交換訊息、傳情示意、表達思想

等溝通行為便成為不可或缺的人際交流方式，它基於實際生活的需要，也是凝聚群體情感的要素。無論人類是口語的傳播方式，或是書寫的傳播方式，或是電子媒介的發明、乃至於進入太空的傳播紀元，都脫離不了企盼能與相關的對象分享資訊、思想、意見、或態度。惟人類囿於對時空掌握能力的極限，其資訊的取得或運用，不見得能親身接觸，故而需要媒體的報導，「新聞」自然應運而生。部落對於環境偵察的報告，包括狩獵覓食的機會與外敵入侵的威脅等，透過舉煙為號的方式傳遞訊息，無聲的「煙」對族人而言，便是一種重要的「媒介」，其代表的意義也是「新聞」。

　　「新聞」一詞望文生義可知是「最新」或「最新近」被報導而為眾所「見聞」或「聽聞」並周知的事件。如果這個定義能被接受，則與曾任美國密蘇里新聞學院院長的莫特博士（Frank Luther Mott）對新聞所下的定義若符合節：「新聞是新近報導的事情」，此一定義著重在「新近報導」，而不一定是「最新發生」的事情，因為有些事件是過去發生，卻未被發現也未被報導出來。例如帝王陵寢的出土；古生物遺骸的被挖掘；甚至是政權轉移後，被揭發的政治弊端或貪瀆事件等等，都可能成為轟動的「新聞」，也可能改變人類對生物演化的認知，甚或對政治人物操守的評價，進而影響社會對政黨的觀感。

　　上述的說法或許對「今日的新聞，是明日的歷史」提供了另類的思考方向，因此也可以說：「昨日的歷史，有可能成為今日的新聞」。

　　宋朝趙昇所著《朝野類要》中提及：「朝報，日出事宜也，每日門下後省編定，請給事判報，方行下都進奏院，報行天下，其有所謂內探、省探、衙探之類，皆衷私小報，率有漏洩之禁，故隱而號之新聞。」文中所稱「新聞」與目前習用之「新聞」意義甚為相近。

　　以下是一些學者或傳播界人士對「新聞」所下的定義：

　　北大教授徐寶璜對新聞的定義是：「新聞者，乃多數閱者的注意之最近事實也。」

　　已故政大新聞系主任王洪鈞教授則認為新聞是：「新聞記者對於引起受播者興趣的事情，透過大眾傳播媒介，所作及時而正確的報導。」

　　美國新聞學教授百耶（William Bleyer）說：「新聞是任何具有時間性，並且能夠使人感到興趣的東西。最好的新聞是最多人感到最大興趣的新聞。」

　　美國報人華爾克（Stanly Walker）說：「新聞是三個 W，即 Women（女人）、Wampum（過去北美印第安人用作貨幣及裝飾品，【俚】金錢）、Wrong-doing（做壞事、犯罪、惡行）。」此一說法，可見「新聞」之所以被報導，其中糾葛著引人矚目的女人、金錢和罪惡。

　　美國《太陽報》採訪主任丹納（Charles Dana），曾以「狗咬人不是新聞，人咬狗才是新聞」，來說明「新聞」報導的內容是不尋常的事情。他又說：「新聞是使社會上大多數人感到興趣，而且是第一次感到興趣的。」以及「凡能引起人反應的事件，都是新聞。」

　　新聞是人類改變現狀的記錄，它能引起讀者的關心，對社會團體或個人產生或多或少的影響。

　　新聞又有人說它是前所未聞之事，是閱聽人感興趣的事物，但此一定義隱含兩個變數，其一是閱聽人的興趣隨時轉移，其二是新聞性的大小有其相對性，同一件事情，因為時空的移轉，新聞性可能受到了地緣關係或時間因素而有不同的結果。媒體的報導可能影響深遠，也可能微不足道甚至銷聲匿跡。

　　綜合上述各家對新聞的定義，我們可以歸納幾項結論：

　　新聞本身是屬於一種事實、一種資訊、一種觀念。包含了新近發生或發現之不尋常的、令人驚訝的、具有重要性、影響性、趣味性、值得關注的事。

新聞簡單的定義：「凡對於閱聽人具有任何價值的新事物或新觀念，都可以稱為新聞。」

因此，無論是美國密蘇里新聞學院前院長莫特博士對新聞所下的定義，或是我國《朝野類要》中提及的「新聞」，都有一個未盡能說明清楚之處，亦即：到底哪些事情是值得且具備新聞價值，應該被報導並廣為周知的？錢震教授對此一定義作了補充，他認為新聞應具備幾個重要因素：（一）重要性及趣味性；（二）新近的報導；（三）正確；（四）適宜。錢教授對新聞的定義是：「新聞是具有重要性或趣味性的事情的新報導，必須正確而適宜。」無論新聞是如何的被定義，「新聞」首重「正確」已是普世的價值，這是勿庸置疑的。

第二節　中國邸報的發展源流

李潤波在〈由《邸報》到《京報》京報源流小考〉中對中國邸報、京報、朝報、小報等有詳細的描述並考據其其歷史沿革，他並以各朝代的作為來探討。

一、漢代

「邸」乃是漢代以後地方政府或各地諸侯在京城所設的辦事處，負責將皇帝的諭旨、詔令，大臣們的奏章，或官員們的人事升遷等各方面的消息，傳達給地方政府或各地諸侯。由於是在京城所設之「邸」抄錄，故稱為「邸報」，因為是手抄，故又稱為「宮門抄」「轅門抄」、「邸鈔」、「抄報」等，相當於官方公報。

明朝以前各個時期的「邸報」祇有稱謂，沒有報頭，沒有採訪，也不講究新聞寫作格式，純粹是轉抄公門的消息，更沒有評論，也

沒有刊號，因此，只能算是現代報紙的前身。根據方漢奇教授的考據，現存最早的「邸報」係約在 1907 年於敦煌石窟發現的唐僖宗光啟三年（西元 887 年）之「進奏院狀」。

二、宋元明三代

到了宋代，朝廷向地方政府發送公文，有設置專責機構「都進奏院」。北宋時期出現了民間私刻小報，內容大多採自「邸報」，也有私自打探消息而提前洩漏機密的情事，故而朝廷曾嚴加禁止。惟社會大眾對新聞的需求讓這種情形屢禁不絕。到了宋、元、明三個朝代，「邸報」傳抄、遞送的程序並沒有太大的變化，而京城民間傳抄「邸報」卻日益興盛，尤其是在鄉試揭榜後，報子將打探得到的信息搶先報給事主，以取得豐厚的賞銀。

世界上最早的雕版印刷刊物是明朝萬曆八年（西元 1580 年）在北京出現的《急選報》，《急選報》內容是官員任免消息，與清代的《縉紳錄》類似，都屬於不定期連續發行，因此可以說是具有刊物的性質。

明代朝廷對發報控制甚嚴，萬曆年間主管發報的臣僚王元翰為了防止各地官員知曉地方戰亂的消息，奏請皇帝禁止抄發，因此，朝中政事，各省地方一概不知。明朝末年，農民起義蜂擁而起，崇禎皇帝登基伊始便發出上諭：「各衙門奏章未經御覽批紅，不許報房抄發。」李潤波認為「上諭」裡的「不許報房抄發」是對官辦「邸報」而言，在農民起義紛起，密報雪片般飛來之際，為穩定人心，保密十分重要，些涉密奏章未經皇帝御批，不得傳抄出去讓地方官員知曉，以免人心浮動。由是觀之，「邸報」刊載之消息是會帶給社會相當影響的。

三、清代

中國最早的傳統報紙為《京報》，明末清初就已經出現，係由最早具有報紙形式的「邸報」、「邸鈔」演化而來。

雍正年間為加強中央集權而成立軍機處，發報審批的權力由軍機處掌管，內閣只設定由六科負責具體報房的業務。各省在京城設「提塘官」，負責抄寫《邸報》向本省傳送。對涉及到本省的諭旨、各部批覆的文書，也以「提塘」之名傳送，對《邸報》中涉及到本省本地的內容，則以《京報》之名傳送。

所謂「提塘」和「提塘官」，是以各省武進士及補候選守備為之，由督撫遴選送部充補，三年而代。根據《歷代職官表》卷十二《按語》介紹：

> 國朝定制，各省設在京提塘官，隸屬於兵部。凡疏章郵遞至者，提塘官恭送通政司，通政史、副史參議校閱，封送內閣。五日後，以隨疏齎到之牒，應致各部院者，受提塘官分投。若有賜于其省之大吏，亦提塘官受而齎至之。諭旨及奏疏下閣者，許提塘官謄錄事日，傳示四方，謂之邸鈔。

《大清會典事例》對於《邸報》發鈔程序有明確記載：「每日親奉上諭，由軍機處承旨，其應發鈔者皆下於閣。內外陳奏事件，有奏摺、有提本……下閣後，諭旨及奏摺則傳知各衙門抄錄遵行，提本則發於六科，由六科傳鈔。」

官方所發行的《邸報》由於每天早晨送達各個衙門，故又稱為《朝報》。又六科綸音冊子，號晚帖，以當晚即知之，次日乃登《邸報》，故也稱之為晚帖。亦有小報，謂之小抄。

乾隆年間又規定：「所有在京城各衙門鈔報，總由公報房發鈔。」，「各省發連閣鈔事件，例應責令提塘辦理，以杜訛傳私鈔洩

漏之弊。嗣後小報房蓋行禁止。」也就是發報程序是先由內閣發佈消息，再由各省總督、巡撫派駐京城的「提塘官」轉鈔，傳送于各省，而不允許民間報房介入。當年的《縉紳錄》對各省提塘官也有具體姓名載入。

清代中期以後，各家民報房鈔稿組稿程序大致是每天上午各報房派人到「公報房」抄錄發放出來的諭旨、奏摺、諭摺、奏報以及由軍機處以宮廷名義編發的《宮門鈔》，和由內閣主編發的《閣鈔》、《邸鈔》等，總體內容由軍機處把關，涉密諭旨、奏摺概不發放。從中揀選相關內容，以「抄發事件」、「奏報」為名鈔錄下來，回自己報房加以整理後，再交付印，有的小報房沒有印刷設備，則交由其他印刷廠代為印刷。

第三節　新聞理論的演進：新聞報導與政治制度

一個國家新聞體系和政治結構密不可分，不同國家國情及政治發展的不同，可能有截然不同的政治體制和制度，而新聞媒體所享有的自由度和呈現的新聞風貌也因此迥異。政治制度決定媒體的功能、扮演的角色、報導的形式、風格與目的，新聞媒體不能逾越政治所劃定的規範。共產主義的國家，新聞媒體成為黨和國家「宣傳、煽動與組織」的工具和傳聲筒，它必須收集情報、宣傳政令、組織動員群眾；政治體制屬於民主國家，媒體享有較多的自由。

1956 年美國三位學者賽伯特（Fred Siebert）、彼得遜（Theodore Peterson）和史蘭姆（Wilbur Schramm，又稱宣偉伯）合著《四種報業理論》（Four Theories of the Press）一書，將報業理論精要作一區隔：

一、威權主義的新聞理論

希臘哲學家柏拉圖（Plato）的《共和國》（Republic）是西方威權主義的哲學基礎，他推崇法律和秩序，主張國家的利益高於一切，所有提高國家利益的言語和行動都是正義和美感，這也是為獨裁專制的體制作一合理的立論根據。其後尚有霍布斯（Thomas Hobbs）、黑格爾（Georg Wilhelm Friedrich Hegel）及馬基維利（Machizvelli Niccolo）等人。

在此一報業理論之下，新聞媒體對社會的和諧穩定當有所貢獻，舉凡對社會有利的事，大眾應該知悉並參與，對社會有害的事務則反之。媒體雖屬私人擁有，但是其職權範圍係出於政府的許可與規範，以16、17世紀的英法等國為例，當時藉著（1）皇家出版特許公司；（2）知識稅；（3）津貼制度；（4）國會的禁令；（5）政府自辦官報，作為控制輿論的工具；（6）對新聞從業人員予以威迫利誘，並不斷頒發宣傳指示；（7）以煽動誹謗法來規範新聞媒體報導的自由，並制裁新聞從業人員。如有違犯政府規定，則可能面臨各種懲處與制裁，如：吊銷出版執照、以津貼來箝制言論或作為御用媒體的工具、限制採訪報導、實施新聞檢查、以重責逮捕新聞從業人員，並將財產扣押、沒入。

威權主義強調法律秩序，標榜國家利益至上，與我國傳統的法家精神相似。先秦法家相信法治主義，並倚重國家權力，因此個人自由都被國家吞滅，加上法律威權無限，嚴刑峻法變成了君主萬能，法家們雖主張「君主當設法以自限」，惟絕對的權力，必致絕對的腐敗，似已成為定則，故而也無法以「自限」免之。

二、共產主義的新聞理論

　　馬克斯（Karl Heinrich Marx）可能是共產主義報業理論的創始人，在共產主義的社會裡，報業的功能係在促進社會制度永續發展。1900 年，列寧（Nikolai Lenin）創辦《火星報》（Iskra），並說：「報紙不僅是集體的宣傳者、煽動者，也是集體的組織者。」此一概念說明了報紙只是政府和黨的工具，他必須為政府所用，也是共黨或其機構所主持。它由國家或政黨指揮，傳播媒體的目的在於教育大眾，宣傳政令，推動社會主義，維持黨的專政，凡是聽命於黨，不僅不能任意批評當局，還要積極幫助政府統御民眾。在這種新聞理論下，西方社會曾譏諷蘇聯的「真理報」沒有消息，「消息報」沒有真理。

　　共產主義新聞理論在 1917 年俄國革命之前臻於成熟，尤其革命期間便已從事滲透和顛覆言論，更實踐於史達林（Joseph Vissarionovich Stalin），此後，蘇聯和東歐緊鄰，以及亞洲各國，包括中國大陸、北韓、北越等皆嚴格控制大眾傳播媒體，甚至管制西方新聞從業人員的進入鐵幕採訪。

　　1975 年 7 月底，35 個國家（33 個歐洲國家加上美國和加拿大）在芬蘭首都赫爾辛基召開「歐洲安全與合作會議」，通過了歐安會最後文件，又稱《赫爾辛基協定》。協定中規定，第二次世界大戰後形成的歐洲邊界現狀不可破壞，但同時美歐也提出了蘇聯要對西方「軟實力」即「人權和基本自由，包括思想、道德、宗教或信仰自由」的尊重，並擴大東西方陣營的人員往來。對蘇聯而言，這實質上是使美國利用所謂「人權」等問題干涉蘇聯內政，支持和扶植蘇聯社會內部的反對勢力合法化。至此，西方國家利用協定中規定的條款，給予蘇聯「持不同政見者」以多方的支持，《赫爾辛基協定》標示著言論及新聞報導上有更寬廣的尺度。

嚴格控制大眾傳播媒體的狀況，在中國大陸一直到鄧小平上台以後，才准許了美聯社、合眾國際社、《紐約時報》及電視台派員常駐，惟在 1989 年六四天安門事件以後，又加強管制外國記者的新聞採訪。隨著改革開放及經貿的發展，中國大陸在迎接第 29 屆北京奧運其間與四川賑災、辦理奧運及殘奧期間，幾乎完全開放讓外國媒體採訪報導。此外，在 1990 年代蘇聯解體以及東歐自由化之後，上述地區外國新聞媒體的進入也有了大幅度的突破與改善，更充分說明了民主、自由、人權等「軟實力」的重要性。

三、自由主義的新聞理論

自由主義的新聞理論主張人是理性的動物，人人生而平等，個人自由權利乃是基於天賦的人權。此為歐洲文藝復興以後所興起的自由思潮，提倡這派學說有美國的米爾頓（John Milton）、洛克（John Locke）、法國的盧梭（Jean-Jacques Rousseau）等。美國第三任總統傑弗遜（Thomas Jefferson）強調健全報業與民主政治的關係，他相信人們會發揮理智潛能作自由的表意。他最為後人所津津樂道的名言是：「如果由我來決定，是否我們可以有政府而無報紙，或者有報紙而無政府，則我將毫不遲疑的選擇後者。」新聞自由對傑弗遜而言，已成為一種信仰。新聞媒體也被認為是政府立法、司法、行政部門之外的第四部門，也被稱為是第四階級（Fourth Estate），其功能在輔助政府行政、司法與立法機關之不足。

1950 年創立的國際新聞學會（International Press Institute, IPI）提出新聞自由的概念應該包括四個方面的內容：（1）採訪自由（2）傳遞自由（3）出版自由（4）批評自由。亦即：人人都應該享有蒐集和傳播新聞信息的權利，以及發表意見的權利。自由報業的理論家確信，新聞專業能提供民主政治所必須的「資訊和意見」的自由

市場。在此「批評自由」的部份就是包含了很重要的監督政府的功能。

孟子曾說：「民為貴、社稷次之，君為輕。」他認為皇帝並非神聖不可侵犯，「聞誅一夫紂矣，未聞弒君也。」若在上位者不能民胞物與、體察民瘼，則革命是一種正當的權利。儒家也主張性善說，人人都受教育，成為自善之民，論語〈陽貨篇〉：「君子學道則愛人，小人學道則易使也。」《為政篇》中也提到：「道之以政、齊之以刑，民免則無恥，道之以德，齊之以禮，有恥且格。」都表達了一個重要的概念：一個國家的重禮修德，致力於移風易俗便可以天下為公。上述民本思想和性善說與西方社會自由主義的精神不謀而合，易言之，人人理性發言，真理自然越辯越明，人民在「意見的自由市場」（Free Market Place of ideas）上，自由表達他們的意見，媒體更可以發揮教化功能。

然而，自由主義的提倡，卻演變成為放任的自由，也因此有美國黃色新聞（Yellow Journalism）的氾濫。事因美國《紐約新聞報》（New York Journal）老闆威廉‧赫斯特（William R. Hearst）和《世界報》（The World）老闆普立茲（Joseph Pulitzer）為了黃童子（Yellow Kid）漫畫挖角風波，導致「黃童子」鬧雙胞的惡性競爭。

此外，兩家報紙渲染西班牙人在古巴（當時受西班牙統治）的「暴行」，引發美國人對西班牙政府的不滿情緒。加上美國戰艦「緬因號」在古巴哈瓦那港被炸沈，兩家報紙誇大刺激的描述、製造新聞及圖片，報紙銷售量都高達約一百五十萬份，赫斯特更斷言這是西班牙人的罪行，挑起美國和西班牙人彼此的仇視，導致在 1898年美國和西班牙打了一場莫名其妙的美西戰爭。

新聞自由的氾濫，加上報紙立場的偏頗，導致媒體的報導幾乎處於無政府狀態的混亂。由於赫斯特在 1896 年、1900 年兩度總統競選皆支持白理安（William Bryan），選舉結果白理安都被麥金萊

（William McKinley）擊敗，這段時間，赫斯特對麥金萊總統的攻擊從未間斷，《紐約新聞報》甚至寫道：「迅速採取行動，將麥金萊裝入棺木。」「新聞報」晚刊在社論中更直接了當的說：「假設要除掉壞人和廢除不良政府，祇有用暗殺一途的話，那麼現在是應該採取行動的時候了。」無政府主義者傑高茲（Leon Czolgosz）於 1901 年 9 月 14 日刺殺麥金萊總統，行刺時，口袋中還有一份攻擊麥金萊總統的《紐約新聞報》。

媒體惡鬥政治人物，尤有甚者更教唆殺人的言論震驚了美國，社會開始思考：人民是否真的如此理性的分辨是非？而媒體是否可以擁有如此無限制的自由？繼任麥金萊總統的老羅斯福總統（Theodore Roosevelt）在他首次國會咨文中，指斥暗殺麥金萊總統的刺客，是被那些黃色新聞的報紙煽動起來的，他並於 1906 年說明他所指的煽動者就是赫斯特。

四、社會責任論（新自由主義）

麥金萊總統遇刺後，讀者對赫斯特及《紐約新聞報》非常憤慨，愛國者、商業機構、圖書館及俱樂部都拒絕訂閱，赫斯特的肖像被人們吊起來唾棄洩憤，「新聞報」的銷售慘跌。赫斯特將「新聞報」易名為《美國人新聞報》（American Journal），其後又將之定名為《美國人報》（American）為早刊，《新聞報》（Journal）為晚刊。這段時間最重要的是美國民眾開始覺醒：一個媒體享有自由的同時，應該擔負社會責任。

社會責任論對媒體加重倫理與規範的限制，強調責任重於自由。社會責任論起源於 1947 年「美國新聞自由委員會」（Commission on Freedom of the Press）對美國報業的一份報告：「自由而負責任的報業」（A Free and Responsible Press）。

　　是年霍根（William Ernest Hocking）所著《新聞自由》（Freedom of The Press）一書的出版，將社會責任論的理論闡釋更清楚並加以發揮。新聞自由委員會（又稱為霍金斯委員會）主席霍金斯（Robert M. Hutchins）認為將「社會責任的義務」加之於現代報業是絕對必須的，報導新聞應該正確而有意義。新聞自由委員會也強調社會責任論需要建立在一套制度之下，因此建議政府可以制定法規，藉以保證報紙接受規範並執行它的社會責任，也可以監督報紙內容是否能服務社會、實踐它的功能。

　　新聞自由委員會的觀點暗示著政府對現行報業制度得予干涉，惟一般崇尚新聞自由的人，均認為媒體應自動實踐其社會責任，尤其瑞士、挪威、紐西蘭等國更有公評人（Ombudsman）的設置來檢視媒體。有些國家是透過新聞評議的自律組織，來接受民眾的申訴及對媒體評議的機制。

　　我國在民國 63 年成立「中華民國新聞評議委員會」，是我國第一個新聞媒體的自律組織，另外，民國 90 年由台北市報業公會、中華民國廣播電視事業協會、中華民國電視學會、衛星電視新聞發展聯誼會、中華民國新聞通訊事業協會、中華民國新聞編輯人協會、台北市新聞記者公會及台灣省報紙事業協會等八大新聞團體所組成的「社團法人中華民國新聞媒體自律協會」是我國第二個新聞自律組織。社會普遍對上述自律組織的期望，是藉由類似組織呼籲並規範媒體發揮其自律精神並給予規範，因為如果媒體無法自律，而必須付諸「他律」或「法律」時，媒體對被報導的對象或事件可能已經造成某種程度的傷害。

五、發展的新聞理論

此一理論的基礎是源於媒介可以促進國家發展。最早提出媒介和國家發展有密切關係的是（1）冷納（Daniel Lerner）在 1958 年所出版的《傳統社會的消逝》（The Passing of Traditional Society）；（2）史蘭姆（Wilbur Schramm）1964 年所著《大眾傳播媒介與國家發展》（Mass Media and National Development）；（3）羅吉斯（Everett Rogers）在 1969 年所著《農民的現代化》（Modernization Among Peasants）等三位學者及其著述。

冷納認為一個傳統社會必須經歷過幾個階段才能夠達到現代化的目標，例如工業化、都市化、識字率的提高、移情能力和同理心的人數增多等，藉由人口的「地理移動」，到社會參與所造就的「精神移動」。大眾傳播媒體可以提高民眾的識字率，藉以作為提升民眾社會參與、政治參與和經濟參與的基礎。

羅吉斯將大眾傳播媒介的使用視為國家現代化過程中的「中介變項」，在國家現代化過程中，人口統計變項、民族性格和世界性（cosmopolitanism）等因素會影響民眾的媒介使用，民眾在使用大眾傳播媒介之後，可能產生現代化的成果。羅吉斯強調大眾傳播媒介的使用，若輔以人際傳播，將會有更好的效果。

史蘭姆肯定大眾傳播媒體可以發揮諸多社會功能並促進國家發展，媒體的功能包括：擴展民眾視野、加強公共宣傳、凝聚民眾共識、提高抱負水準、擴大政治溝通、塑造社會規範、形成文化品味及改變人的態度等，這些都有利於國家的發展。

綜上所述，一個國家的傳播媒介固然隨著國家發展而發展，然而，傳播媒介和國家間其實存在著相互影響的關係，我們更可以看到傳播媒介在社會變遷和國家發展過程中所發揮的功能。媒介有守望、決策、教育、娛樂、動員、引發熱望、擴展視野、提升識字率、

增加世界性等功能已是不爭的事實，在諸多學者的論述及研究中都得到印證。

六、民主參與的新聞理論

此一理論強調的是在民主社會中，民眾透過自由參與的作為，來表達自己的意見。20 世紀 70 年代之後，社會資訊的交流發展迅速，使得媒介的壟斷日盛，民眾要求自主利用媒介的意識更加提高，由於壟斷使得民眾覺得現實生活中缺乏可利用的傳播資源，「接近使用」媒介權的呼籲也日益增強，美、歐、日本等已開發國家紛紛要求大眾傳播媒介應向民眾開放，允許個人和團體有更多的機會自主參與或表達意見。

民主參與理念的核心價值是：社會應該是多元的，所以小規模、雙向互動、廣泛的傳播是必須的，傳播的關係不應該只是由上而下，有時候要讓下情上達，傳播本身最好是縱向橫向相互為用，並且應該是平等的。個人和群體都擁有知的權利、傳播權、對媒介的接近使用權，媒介服務的是受眾、閱聽人，而不是主政者、宣傳家、廣告主或媒體組織；如果可能的話，社會上各行各業都應該有自己的媒介，尤其是弱勢團體更應該藉此為自己發聲，這樣更合乎理想的社會，而不至於成為一言堂。

思考問題

1. 學者或傳播界人士對「新聞」所下的定義為何？請說明之。
2. 何謂邸報？請說明「邸報」的發展源流。
3. 新聞理論的發展如何？請說明之。

實作作業

1. 請同學分成若干組，分別就台灣目前的新聞媒體現況做一分析，並製作成一份報告，繳交書面報告給老師外，亦請向全班進行口頭報告。

參考書目

王洪鈞（1992）。《新聞採訪學》。台北：正中書局。

王洪鈞（2000）。《新聞採訪學》。台北：正中書局。

王筱璇、勤淑瑩合譯（2005 年 5 月），Melvin L. DeFleur , Everette E.Dennis 原著，大眾傳播概論，Understanding Mass Communication： A Liberal Arts Perspective(E)，台北：雙葉書廊有限公司，。

方怡文、周慶祥著（2007）。《新聞採訪寫作》。台北：風雲論壇。

石麗東（1991）。當代新聞報導》。台北：正中書局。

池北偶談，卷四，維基文庫，Wikisource，zh.wikisource.org/wiki/

李茂政（2005）。《新聞學新論》。台北：風雲論壇有限公司。

李金銓（1994）。《新聞採訪學》。台北：三民書局。

李潤波（2007）。〈由《邸報》到《京報》京報源流小考〉，《收藏‧拍賣》，第 12 期。
　　　金月牙期刊網 qkzz.net/magazine/1672-6928/2007/12/2260095.htm - 32k -

李瞻（1981）。《世界新聞史》。台北：國立政治大學新聞研究所。

林東泰（1999）。《大眾傳播理論》。台北：師大書苑。

徐培汀（2006）。《中國新聞傳播學說史》。重慶出版社。

Rene J.Cappon，《美聯社新聞寫作指導》，施孝昌，台北：三思堂出版。

涂裔輝（1992）。《廣播電視寫作理論與實務》。台北：正中書局。

深圳明鏡網——史海鉤沈，正義網，古代官府的「內參」，2008 年 3 月 17 日，
　　www.szmj.gov.cn/shgc/200803/t20080312_242487.htm - 24k--

喻權域，再論「新聞」的定義，人民網，2004 年 3 月 8 日
　　www.people.com.cn/GB/14677/22100/32505/32506/2379324.html - 23k -

楊孔鑫（1996）。《誰改變了艦隊街——英國報業的變遷》。台北：正中書局。

《傳媒寫作與案例》圖書詳細資料信息/China-Pub www.china-pub.com/
　　1502119 - 19k -

新華網理論頻道，「美國民主、自由、人權戰略的來龍去脈」，來源：紅旗
　　文稿，2009 年 2 月 6 日。

網路時代新聞定義的新突破，來源：青年記者，2006 年 12 月 24 日，2009
　　年 3 月 31 日。big5.xinhuanet.com/gate/big5/news.xinhuanet.com/newmedia/
　　2006-12/24/content_5525886.htm - 68k –

鄭行泉，「我國民意測驗溯源」，報學，7 卷 2 期，頁 82-88，台北：中華
　　民國新聞編輯人協會，民國 73 年 6 月。

鄭貞銘、林東泰、鍾蔚文（1988）。《新聞與傳播》。台北：國立空中大學
　　印行。

聯合報。《聯合報編採手冊》。台北：聯合報編輯部。

羅文輝（1991）。《精確新聞報導》。台北：正中書局。

第二章　新聞價值與新聞報導之演進

呂郁女編寫

第一節　何謂新聞價值

　　每天我們接觸到媒體的報導內容，閱聽人一定會覺得奇怪，為什麼各種不同媒體，對新聞的選取卻大致相同，甚至平面媒體的頭版或是電子媒體播報的前面幾則新聞大致是相同的，其中必然有一些選擇的標準，否則不可能如此的「雷同」。一般而言，事件的發生到媒體的報導，必須具備下列的標準，也就是我們常說的新聞的要素，沒有這些價值「要素」涵蓋的新聞，可能較難受到記者、編輯等新聞從業人員的青睞。

　　總體而言，它具備的要素可以歸納為下列各項：（一）具時宜性；（二）地域的接近性；（三）衝突性；（四）顯要性；（五）重要性與影響性；（六）知識性與資訊性；（七）後續發展；（八）變動性；（九）人情趣味。

一、具時宜性（Timelines）

　　事件發生即時的報導是新聞最重要的價值，突發新聞的搶先報導通常會帶給媒體發行量的增加，或收聽、收視率的飆升。分秒必

爭是傳播同業間競爭的目標，目的無他，就是要對閱聽眾提供最迅速的服務，衛星新聞採訪車（Satellite News Gathering，SNG），實際上是一種移動式的發射台，電視台工作同仁可以將新聞發生所在現場的信號通過衛星傳送到電視台，電視台再從衛星接收訊號播出。衛星新聞採訪車的研發，大幅提高了新聞的即時性，也縮短了新聞內涵（包括聲音畫面等）傳遞過程中可能造成的延宕。

　　近年來各媒體透過衛星轉播新聞、體育競技或世界各地跨年活動、娛樂節目，華爾街日報以傳真電報（Facsimile）技術電傳排好的版面分送全美各印刷廠，聯合報系也使用此項技術來傳遞世界日報亞洲（泰國）、美洲（美國）、歐洲（法國，已於 2009 年停刊）等海外版，都是利用傳播新科技克服地理上的障礙，減低成本、迅速傳遞新聞以期達到時效性。

二、地域的接近性（Proximity）

　　新聞發生地點距離閱聽人越近，則可能對閱聽人影響性越高，自然也會引起閱聽人的注意，新聞價值也相對提高。1999 年台灣921 大地震對台灣的影響、2008 年 5 月 12 日中國大陸四川大地震對大陸的影響，都相對比世界其他地區和國家遭受的損害更大，受到國人的關注也越深。2009 年 4 月韓國在發射導彈（ballistic missile），鄰國日本就比其他國家更為關切，除了導彈經過日本領空外，此一導彈的兩座推進器會掉落在日本領土領海附近。至於美國持續追蹤此一導彈，則是基於其全球的戰略考量，和區域性的權力平衡；而中國大陸與聯合國對北韓導彈的關切，自然也與上述原因有關。

　　然而，有時候地域的接近性並不能完全說明新聞的價值所在，尤其是加上感情上、心理上的「接近性」因素。人們可能對某些地

方所發生的事情有「切身的關連」，例如曾經旅遊過的地方發生有史以來最嚴重的「海嘯」（tsunami）、「火山爆發」（volcanic eruption）、「沙塵暴」（sand duststorm）、「大洪水」（great flood）、「颶風」（hurricane）、「龍捲風」（tornado），或百年最嚴重的「暴風雪」（snowstorm），都會在潛意識裡心繫該地，主動關心當地的新聞，甚至對所發生的災難「感同身受」，當然，若當地有值得欣悅的事，也會「與有榮焉」。

三、衝突性（Conflict）

社會學的「衝突理論」指出社會的進步常源自於不斷的衝突而來，「衝突」彷彿成為社會往前推進不可或缺的動力，舉凡人與人之間、團體與團體之間（包括國內的政黨與國際社會中的各種組織）、國家與國家之間、甚至區域與區域之間，都可能存在著衝突，政治人物權利的角逐、政黨民意代表國會殿堂的肢體衝突，選舉爆發的互揭瘡疤，國與國間兵戎相見開啟戰端等，都具有相當的新聞性。衝突已成為社會群體生活不可避免的現象，衝突隱伏問題之所在，自然也為大眾所關切，更成為媒體的焦點，衝突越尖銳，新聞價值越高。

2009 年 4 月 22 日立法院爆發邱議瑩委員掌摑李慶華委員的衝突，幾乎各媒體都大篇幅報導與討論，尤其是電視媒體反覆播出邱議瑩甩耳光的畫面，談話性節目從當天中午到深夜甚至隔天都還繼續燃燒，更進而演變成朝野兩黨各執一詞。

泰國的衝突受到全球的矚目，2010 年 3 月間在泰國曼谷支持流亡的前總理戴克辛的「紅衫軍」，歷經了 10 個星期的抗議，並提出希望聯合國介入，調停朝野暴力對抗，被政府拒絕，演變成泰國政府軍隊對紅衫軍展開攻擊，造成重大的傷亡，也引起國際間的關

切。由於泰國緊張情勢升高，泰國部隊與「紅衫軍」爆發流血衝突，外交部將曼谷列為「不宜前往」的紅色旅遊警示，各國也紛紛呼籲國民暫勿前往泰國旅遊，美國甚至在 5 月 17 日展開第一波的撤僑。5 月 18 日我國外交部楊進添部長也表示，必要時會考慮撤僑。

2010 年 3 月 26 日，南韓軍艦「天安」號在白翎島海域爆炸沉沒，46 名南韓海軍官兵喪生。天安艦當時是在執行巡邏任務，地點是在一處有爭議的海域，而北韓從不接受聯合國對這片海域疆界的劃定。韓國打撈人員 4 月 15 日和 24 日先後將「天安」號艦尾和艦首打撈出水。

南韓聯合新聞通訊社 2010 年 5 月 20 日公布天安艦事件調查報告，從案發現場尋獲的魚雷推進裝置確認天安艦是遭到北韓重魚雷襲擊而沉沒。調查結果顯示，天安艦是在水深六至九公尺處，遭到二百五十公斤的重魚雷攻擊而沉沒。

南韓總統李明博 21 日召開國安會議討論天安艦遭北韓炸沉後的因應對策，李明博批評北韓已違反韓戰停火協定。北韓搶先撂狠話，宣稱朝鮮半島目前處於「戰爭狀態」，並指控南韓營造出戰火一觸即發的局勢。

南北韓因天安艦事件，瀕臨戰爭邊緣，大陸的角色在這場可能引發的區域衝突中，顯得相當重要。北京大學國際安全研究項目主任朱峰認為，如果所有證據都指向北韓挑釁，將迫使北京重新考量對平壤的觀感；聯合國安理會如果討論制裁北韓問題，北京應會給予支持。

朝鮮半島戰端風雨欲來，人在日本訪問的美國國務卿希拉蕊明白的表示，天安艦是被北韓潛艦擊沉，要為此面對在國際上應負的後果。美軍方面也已蓄勢待發，據傳，美軍 F-22 戰機將進駐琉球空軍基地，第七艦隊也會向北韓展現軍威。美國駐沖繩嘉手納基地 5 月 21 日日宣布，近日將有十二架最新型的 F-22 猛禽隱形戰鬥機

派駐該基地，預定派駐期間為五月底至十月上旬的四個月。這是自 2007 年起第四度有 F-22 臨時派駐嘉手納基地，顯示出美國確保太平洋地區安全與和平的決心。

青瓦台緊急國安會議進行之際，北韓連續第二天嚴詞否認涉案，並繼續指南韓的調查報告捏造證據，將兩國帶向戰爭邊緣，揚言只要南韓報復，將以「全面戰爭」回報。

南北韓兩國的衝突，不只是引起區域的不安，也可能造成全球捲入「戰爭狀態」的問題。

近年來媒體經營基於商業化的考量，競爭日益激烈，以強調新聞的衝突性，甚至渲染暴力與煽色腥，來吸引閱聽眾的注意力，相對的也可能誇大負面新聞誤導大眾，帶來社會的不安。

四、顯要性（Prominence）

顯要性是指新聞事件所涉及的是顯要人物，例如總統府 2009 年 4 月 2 日召開廉政委員會，馬英九總統致詞時表示，總統府規模動見觀瞻，務必要維護聲譽。馬總統感慨的指出：「總統府過去一度成為炒股中心，讓我傷心很多天」，他強調：「以後絕對不能再發生」。馬總統還引用孔子的話：「其身正，不令而行；其身不正，雖令不從」，他認為作為一個領導人本身就應該要以身作則。這些談話因為出自於馬英九總統之口，因此具有新聞價值。相同的話在 4 月 21 日接受中國時報專訪時，馬總統也一再宣誓肅貪的決心，更凸顯了他對清廉自持的要求。

中國大陸溫家寶總理 2009 年 1 月 27 日啟程出訪歐洲的「信心之旅」，也出席世界經濟論壇 2009 年年會，他在瑞士、德國、歐盟總部、西班牙和英國等地進行了 60 多場活動，每一場活動都受到媒體的關注，尤其他重申應對金融危機，信心比黃金和貨幣重要，

並指金融危機在一定程度上是信心的危機。他的談話之所以被媒體大篇幅的報導，也是基於他身份的顯要以及他個人與所代表的中國大陸在國際社會中具備的影響力。

美國新聞學者霍伯特‧甘斯（Herbert J. Gans），曾作實驗觀察，他把新聞中的人物歸納為具有知名度和不具知名度兩類，具知名度者在新聞中的曝光率竟是不具知名度者的四倍，由此可知，具知名度人物的行動和意見較具有新聞價值。

當然，這其中還牽涉了是否為新聞事件被報導的「自願者」或「非自願者」。一般認為願意當公眾人物的人，是願意成為被報導對象的「自願者」，因為是公眾人物，也為眾所矚目，其隱私權往往被忽視。而「非自願者」的新聞人物，如突發新聞的當事人，他可能是沒沒無聞的人，但因為某災難事件而成為家喻戶曉的英雄，如四川大地震中，九歲的林浩兩度冒著生命危險將同伴從瓦礫中背著救了出來，他才九歲，卻在 2008 年北京奧運的開幕典禮上與被美國 NBA 延攬的中國大陸籃球明星姚明一起出場，並成為國際媒體的專訪對象，一夕之間舉世聞名其英勇事蹟，他額頭上因地震受傷留下的疤痕，也成了鏡頭捕捉的焦點。

五、重要性與影響性（Consequence）

凡事件對社會造成的影響越深，牽涉的人越多、波及的地區越廣，便是重要的新聞。例如美國次級房貸風暴橫掃全球，更引發了所謂的金融海嘯，世界各國幾乎無一倖免，它所造成影響的層面不僅僅是房價問題，連帶遍及了各行各業，影響的時間可能持續數年，或者更加久遠。加上國內外相關的經濟新聞媒體持續大篇幅、雷同並且重複的報導，更產生了「議題設定」的效果，也就是李普曼（Walter Lippmann）所說的長期接觸媒體的報導後，人們「畫出

了腦中的世界圖」。職是之故，媒體會選擇具有影響性的新聞事件加以報導，而其報導也會擴大事件本身的影響性。

當然，如果是屬於國計民生事務，包括食衣住行育樂等，如物價的波動、全民健保收費及保險範圍、幼兒、老人、低收入戶的補助等各項社會福利政策（不同社會福利項目經費之多寡都可能有排擠效應），教育或兵役制度的變革等都與每一個國民或家庭有關，影響至巨，自然會是大家所關心的，也具有相當的新聞價值。

六、知識性與資訊性

新聞報導若能增加閱聽眾的知識或提供資訊，上自天文地理，下至生活細節，都能夠構成具有價值的新聞。

知識性和資訊性的新聞包羅很廣，舉凡內政、外交、政治、經濟、財經、軍事、國防、教育、體育、交通、僑務、考選、銓敘、醫療、農業、科技、環保、警政、司法、法律、文化、藝術、影視、音樂、美術、購物消費、休閒旅遊、兩岸交流、國際貿易、國際關係等等。所謂一沙一世界，縱使只是生活中的「小撇步」（運用一些小技巧，而能增進生活的效率或方便性等）都足以在生活版中報導。

七、後續發展

有些新聞具有相當的延展性，事件後續的處理並不亞於事件發生的當時，例如重大弊案在偵察階段固然是新聞報導的重點，司法的開庭又會是另一波高潮迭起，連帶相關人士、單位的牽連也可能使案情往上升高。至於災難新聞往往在事後發生種種善後的糾紛，記者必須持續追蹤。新聞何時才算告一段落很難推估，端看事件的發展。我們以下列幾個案例探討新聞後續的報導：

（一）中國大陸四川大地震

　　中國大陸四川 2008 年 5 月 12 日發生了舉世震驚的八級大地震，溫家寶總理在四川大地震四小時候飛抵災區開始賑災的活動，回應中央電視台記者詢問如何報導時表示：「看到什麼就報導什麼」，中國大陸隔天並向全世界發出救援的請求。這兩項作法，與 1976 年發生唐山大地震封鎖消息，獨力救災完全迥異。四川大地震是一個災難，但是中國大陸卻在這個災難中聚焦了全球的目光，賑災的消息使得許多原本受到國際間輿論關注的消息被邊緣化了，甚至幾乎未見報導。

　　四川大地震後續的救援工作，各國捐款、物資、醫療設備等的運抵和配發，中國政府必須即刻提出應變措施，讓生者安置、傷者安養、死者安葬，社區、學校重建，恢復教育，失去父母者國家擔起教養的責任，失去子女者得到身心的療養，這些都不是一朝一夕能完成的，而新聞的報導也隨著時間的推移，報導重點因而有所更迭。根據中央電視台透過在美國「長城平台」，對海外廣播的第四套中文台 2009 年 4 月 2 日的報導，媒體關注地震災後第一個清明節，倖存者以何種方式來懷念、祭拜死去的親人，以及他們在這一年裡如何掙扎著走過家毀及喪親之痛的歷程，包括生活秩序的重新調整與安排，以及如何從悲痛中尋求活下去的慰藉與力量。這樣的追蹤報導，呈現的是傷痛、不捨、感恩、堅強與希望等錯綜複雜的情愫，也看到中國大陸同胞敬天畏神善良的一面，卻又有著堅忍不屈，勇於挑戰命運的韌性和生命力。

　　中國大陸在媒體呈現負責任、透明化以及救災的效能，使得國際社會扭轉對她的觀感，尤其因為人權、蘇丹、西藏等問題不斷抨擊大陸當局的國際媒體，在汶川震災後，竟大幅報導有關大陸當局反應迅速、傾全國之力救援的消息，災難讓中國和世界有機會重新

進行評價與接軌。這些形象的塑造，相信持續與媒體溝通及國際記者會的說明（每場記者會都有同步翻譯）皆發揮了一定的功效。

中國大陸也展開了它公共外交的作為，日本在四川大地震向中國大陸伸出援手，一個月後，6 月 14 日日本東北部的岩手縣和宮城縣等地發生 7.2 級地震，中國大陸即刻作了回報。四川大地震雖然給中國大陸帶來災難，但它也將大陸推向國際社會的網絡關係中。

反觀約在同時發生洪水的緬甸，因為拒絕國際人道救援，以及該國軍政府未能讓所需的物資快速有效進入災區，聯合國秘書長潘基文的慰問電話，居然長達一個星期都無法接通，國家媒體仍粉飾太平的重複報導「緬甸正在恢復正常」，緬甸政府處理災難應變能力的顢頇，終至死亡災民超過十萬，緬甸國際形象相較於中國大陸，更是不堪聞問跌至谷底。

（二）中華民國前總統陳水扁涉嫌貪瀆案

2008 年 8 月 14 日前總統陳水扁坦承「做了法律所不容許的事」之後，「扁案」就像滾雪求般的開展，包括被指涉嫌（1）龍潭購地案（2）南港展覽館案（3）金控合併案（4）洗錢案，加上（5）軍中爆發買官等弊案。

陳水扁第一次入獄前有 14 次公開「預言」自己或兒子會被關，並以「進巴士底獄」來形容台北看守所（媒體戲稱是「坐巴士抵達監獄」），乃至入獄時高舉雙手大喊司法不公，指控法警打人，要求送台大醫院驗傷並指定在「重症區」下車，獄中「禁食」、送亞東醫院就醫，公布「與特偵組檢察官見面照片」等動作企圖製造「台灣司法不公正」形象。

第二次入獄後牢中寫第一本書（《台灣的十字架》，還辦理讀後感想徵文，並接見被優選的作者），第二本書《關不住的聲音》是

以寫信方式給朝野政要及民進黨人士及家人，在寫給家人信時，甚至爆自己妻子、兒女的料，女兒被劈腿的事也躍然紙上。陳前總統看守所中放風揮手並對媒體打招呼，牢裡接受國外媒體的採訪、扁辦召開國際記者會，日本朝日新聞申請採訪獄中的陳水扁，法務部2009 年 4 月 2 日以「採訪內容與審理案件有關，並涉政治議題，與社會教育無關」，對採訪申請「未便同意」回覆。

此外，陳前總統出庭時滔滔不絕為自己辯護，與相關證人庭上對質，加上前第一夫人吳淑珍將企業捐獻名單與金額提供媒體報導，相關企業家陸續被傳喚，扁辦及律師對偵訊光碟提出質疑，對特偵組檢察官成員的各項指控，探監者轉述與陳前總統的談話內容，以及在獄中的陳水扁仍對民進黨地方選舉提名下指導棋，並有意藉補選立委來張起重出政壇的保護傘。4 月 23 日民進黨台北市黨部執行委員許界元探視陳水扁時建議陳水扁重返民進黨，也為民進黨投下一顆震撼彈。

陳前總統的親人也在媒體的追蹤之列，兒子陳致中、媳婦黃睿靚外出購物、上館子吃飯、搬家、出庭應訊，乃至陳水扁回應兒子陳致中「我寧願自己出生在一個平常的家庭」、「我可以自由地、快樂地 Be Myself」時表示「這是宿命」的過程；以及女婿台開案後續發展、女兒陳幸妤多次在台北街頭怒斥記者，2009 年 2 月 3 日在紐約當街對記者發飆，4 月 19 日二度赴紐約應試，對記者的態度卻有一百八十度的改變；其妻吳淑珍 2009 年 4 月 2 日與陳敏薰對質時，在庭上發出豪語：「一千萬不在我眼裡」、「我還沒窮到去侵吞一千萬」，以及與退休的總統府會計處第二科科長梁恩賜對質時，梁當庭嗆吳淑珍：「無恥的事不好笑」等等。

截至目前為止，陳水扁數度申請解除羈押，每一次都引發社會的關注與討論。特偵組偵辦前總統陳水扁被控貪污、洗錢案，在10 月 23 日查扣扁家資產，包括現金 7260 萬元及 2993 元美金等存

款，和陳水扁名下 9 筆土地、5 筆房產，加上檢方從前新光醫院副院長黃芳彥西裝外套所查扣的 1 億多元裸鑽，和 2 戶寶徠花園名宅，總計扁家被扣押資產逾 5 億元。

面對資產被扣，前第一夫人吳淑珍說她醫藥費、看護費等等支出龐大，特偵扣押的動作，也對她的生活造成困擾。吳淑珍大喊：「不如判她死刑好了」、「不如去搶好了」、「反正已經被判無期徒刑」等語。

2010 年 3 月 19 日台灣高等法院二審審理陳水扁貪污洗錢相關弊案，除提訊陳水扁外，還傳喚了吳淑珍、陳致中、黃睿靚等 17 人，陳水扁一家 4 口除了陳幸妤，其餘成員都在法庭上相見「團聚」。陳致中在庭上表示，扁家在瑞士遭查扣的款項至今無法匯回台灣，是因未獲母親吳淑珍授權。陳致中在法庭上也承認，確實自 2006 年後為協助母親，以自己及妻子黃睿靚的名義，在海外開立 4 個賬戶，並匯款至海外。

2010 年 5 月 10 日下午台北地方法院首度針對陳水扁家族弊案衍生的「二次金改」弊案，召開實質審理庭，本次審理庭主要是特偵組於去年底偵結，起訴的案件包括：國泰金控合併世華銀行案、元大證券合併復華金控案、國泰世華銀行總行保管室相關款項洗錢案，以及中信銀前董事長辜仲諒涉嫌紅火公司內線交易案等案。審判長周占春一口氣傳喚 21 名被告，包括陳水扁、吳淑珍、陳致中、黃睿靚、陳幸妤、以及金控業者國泰蔡鎮宇、元大馬志玲、馬維建、馬維辰父子、中信辜仲諒等人全部到庭，加上律師團成員，幾乎擠爆整個法庭。這也是扁案爆發以來，扁家人第一次全數在法庭上「大團圓」。根據報導：「陳水扁和吳淑珍坐在被告席上，交頭接耳，竊竊私語，吳淑珍的精神很好，連每隔半小時例行測血壓都省了。」

類此案情不勝枚舉，只要是與扁案有關，媒體都競相報導，扁案相關消息幾乎每天都有新的發展，並且搶盡報紙版面和電視畫

面，歷經將近兩年仍不衰，可見案子後續發展仍甚具張力，至少近期內看不到「扁案」有落幕的跡象。

（三）美國前總統尼克森「水門案」

一個具有新聞價值的案件能持續被關注數十年的，不難令人聯想到震驚全球的美國「水門案」（Watergate Scandal），該案是尼克森總統（Richard Nixon）競選連任時，違法秘密監聽，經由「深喉嚨」（deep throat）向《華盛頓郵報》（Washington Post）揭露，掀起美國有史以來最大的醜聞，導致尼克森遭到國會彈劾而自行黯然下台。

案發於 1972 年 6 月 17 日，美國位於華府的水門大廈，民主黨全國委員會遭「竊賊」侵入，五名任職於共和黨總統競選連任委員會的工作人員當場被警方逮捕。

儘管案發五天，尼克森即宣布「白宮與此事件並無關連」，並稱此為「三流竊盜未遂」案（a third burglary attempt）。1973 年 11 月 17 日，尼克森還在電視上呼籲美國人把水門案拋在腦後，他強調：「我歡迎任何檢驗，因為人民有權利知道總統是否是個騙子。好吧！我不是騙子，我理直氣壯」。縱使尼克森在整個事件中，以行政特權對抗參議院總統競選活動特別委員會、眾議院司法委員會，以及兩任特別檢察官 Archibald Cox 及 Leon Jaworski，和一個聯邦大陪審團。

但是，原本以普通竊案處理的新聞，在案發後，由於《華盛頓郵報》兩位年輕的記者 Bob Woodward 與 Carl Bernstein，得到《華盛頓郵報》的支持，他們鍥而不捨持續揭發的深入報導，並指出白宮內確實有高層人士教唆。這兩位記者的專業表現也為自己贏得了普立茲新聞獎，他們的報導也成為監督政府違法亂紀調查性報導的最佳典範。

　　水門案在美國司法調查過程就喧騰了兩年多，1973 年 7 月 16 日出席作證的總統安全事務副助理 Alexander Butterfield，透露在白宮若干房間裝有錄音設備，直到 1974 年 7 月 24 日眾議院司法委員會開始討論彈劾案，最高法院並作出一致判決，否認總統的行政特權可以妨害刑事案件的審判，因此尼克森總統必須交出上述的 64 捲錄音帶，7 月 30 日眾議院司法委員會以妨害司法、濫用職權、違抗委員會傳票為理由，通過彈劾案：「尼克森的所作所為，已經違反其身為總統的付託，並破壞憲政體制，嚴重傷害法律及司法，明顯損害了美國人民。尼克森之行為應予彈劾、審判並免職。」並稱尼克森的犯行係阻擾司法的明確罪行（Obstruction of Justice），1974 年 8 月 8 日中午美國總統尼克森在電視上宣布，將於次日辭去總統的職務，結束其未做滿的第二個任期。

　　水門案並未因為尼克森黯然下台而結束，這期間曾有兩部電影以類似情節拍攝，一部是《請問總統先生》（Frost / Nixon），一部是《全是總統的人》（All the President's Men），有人翻譯為《大陰謀》，在《Frost / Nixon》電影中的尼克森承認他是「辜負了美國人民」，但是，實際上呢？尼克森已經去世，誰也無法得知他內心深處的想法。倒是媒體三十餘年來一直追蹤誰是當年提供媒體第一手資料給華盛頓郵報的「深喉嚨」。

　　2005 年 5 月 31 日，美國前聯邦調查局（FBI）副局長費爾特（W. Mark Felt）向《浮華世界》（Vanity Fair）月刊承認他就是當年提供獨家消息給《華盛頓郵報》的「深喉嚨」，事經 Bob Woodward 證實，費爾特就是他在書中所稱的「深喉嚨」。然而，研究水門案的專家們卻認為罹患癡呆症的費爾特，事實上是無法辯駁 Bob Woodward 及費爾特家人有關對他的說詞時宣稱自己是「深喉嚨」，而真正的「深喉嚨」則另有其人。2008 年 12 月 18 日，享年 95 歲的華爾特在加州寓所過世，也為水門案留下未解的謎團和臆測。

八、變動性

新聞事件的價值常常與它的變動程度成正比，變動越劇烈、越深、越急，新聞價值越高。例如，颱風的形成、行蹤的路徑、暴風圈範圍的大小、何時登陸、登陸地點都具有極大的變動性，自然受到關注程度相對提高。此外，尚有物價指數的變動，民調的變動（包括對政治人物的支持度、對政府施政滿意度及信心，尤其在民意高漲、民意如流水，水可載舟、亦可覆舟的時代），人際間、政黨關係間、甚至國與國之間、區域與區域之間的權力消長等都可能與時俱變。

九、人情趣味（Human Interest）

根據莫特博士的說法，「人情趣味新聞的報導之所以有趣，並非由於它所報導的事情的重要性，而是由於它是我們人類生活中可喜、動人、矚目或有意義的一些小片段。」換言之它本身十分人性化，讀之耐人尋味，令人感動，報導清新雋永，像在說故事。人情趣味新聞可以筆下帶感情、筆觸輕鬆生動，讀者閱之較沒有負擔，故廣受編輯和讀者喜愛。

人情趣味包羅萬象，舉凡各類競賽、見義勇為、樂善好施、親人團圓、新事物與科技的發明、新大陸的發現、新紀錄的突破與超越、選美活動、幽默雅趣、神秘懸疑、不尋常、性別與年齡、值得同情的不幸事故、對自然界的關切、對種族議題、人權問題、環保影響等新聞，都是人情趣味最佳的題材。

美國 1840 年代之後的《便士報》（Penny Newspaper），又稱一分錢報紙，常以富趣味性的報導訴諸情感，以爭取讀者並提高銷路，

近年來媒體間基於市場取向導致惡性競爭，為了發行量、收視率而不擇手段，更由於閱聽眾的好奇與偷窺的心理，新聞從業人員

罔顧新聞最基本的倫理與規範，以「跟拍」方式取得獨家，使得很多公眾人物隱私權受到侵擾，這類新聞常出現在影劇版、社會版，若事涉政治人物還會上要聞版，甚至頭版。

　　有部份媒體在色情、血腥、暴力的報導尺寸並未嚴格把關，一旦遭受評議，卻以人們「有知的權利」及「這是讀者（閱聽眾）所感興趣的」作為報導的理由與藉口。問題是公眾人物的私領域是否與公眾利益有關？又豈可以以一句「讀者興趣」帶過？

　　當然，在新聞的選取過程中，有各種守門的關卡，例如第一線的記者、媒體裡的採訪主任、編輯、新聞部經理、編審、各版編輯、總編輯、社長、經理、總經理、董事長等，都可能影響新聞的取捨、編排版次、版位與新聞呈現的篇幅、播報時間長短等。

　　1950 年代，大衛‧懷特（David White）曾研究報社作業，證實了媒體確實存在「守門人」。而根據華倫‧布里德（Warren Breed）的研究，新聞在守門過程中選擇的要素包括以下各點：（一）新聞是一件事，一個想法、一樁事實，正在發生的事情，一篇演說或一宗聲明。（二）這件事必須是最近發生或具時宜性。（三）他的表達方式必須為眾人所瞭解。（四）他必須以印刷、廣播或其他方式傳播於眾。必須經由眾人閱聽，其新聞價值取決於他在眾人之間所引發的興趣。

第二節　新聞報導方式的演進

　　根據羅文輝教授對新聞報導方式的歷史演進分成：（一）政黨報業時期；（二）客觀性新聞報導；（三）解釋性新聞報導；（四）新新聞學報導；（五）調查性報導；（六）精確新聞報導等六個階段。

一、政黨報業時期

1830 年以前報紙的讀者並不要求新聞報導要公正客觀,美國的報業大致採取明確的黨派路線,多數報紙的政策是在言論上支持某一政黨,並竭盡所能打擊發行人反對的政黨。沒有人期望新聞報導應該採取中立的路線,記者甚至常歪曲事實,或是故意增減情節,以滿足媒體負責人的要求。

當今社會也有媒體的資金是由某一政黨出資,或某一政黨屬性的黨員集資成立的,由於其產業結構因素,儘管客觀公正的呼籲不絕於耳,惟其言論或新聞報導仍難免有所偏頗。

二、客觀性新聞報導的啟始

1830 年以後,由於工業革命的發展,電報的發明及美聯社(原港口新聞社,由六家報紙集資成立)的興起,客觀性新聞報導逐漸取代政黨路線,並使「客觀」成為新聞報導必備的要件。

1848 年 5 月美國紐約六家報紙成立聯合採訪部,由於要負責供應許多家立場不同的報紙,因此它的報導必須「客觀」,才能使所有的會員及客戶樂於採用,這是客觀性新聞報導的濫觴。一直到 1930 年代,客觀性報導是新聞界最主要的報導方式,一般記者都遵循倒金字塔的公式。寫作也以純淨新聞為主(straight news),在導言中將何人(who)、何事(what)、何時(when)、何地(where)、何故(why)、及事情如何發生(how)等重要內涵呈現出來。

此種將重要事實放在新聞最前面,除了方便作標題及編輯外,也能言簡意賅的讓讀者瞭解新聞的重點。

三、解釋性新聞報導的發展

　　客觀性新聞的報導到了 1930 年代後，開始受到批評，讀者要求新聞報導應對事件提供背景資料，並使讀者對該事件能有全面性的瞭解。不只是像 Maxwell McCombs 所稱的「冰山理論」，也就是有如雷達在海面照射冰山的頂端示警而已，使讀者無法窺見全貌。而認為新聞的報導必須強調新聞的意義，及新聞事件的背景，這種發展，促成了解釋性新聞的報導（interpretative reporting）。

　　1933 年，美國記者開始採用解釋性新聞報導來寫新聞，並分析各種新聞事件所隱含的意義。當時白宮記者無法明白經濟大恐慌的原因，對羅斯福總統（Franklin Roosevelt）在「爐邊閒話」（Fireside Chat）節目中所談的新政（New Deal）更是難以瞭解，羅斯福總統於是派了一批經濟學家到各報社解釋政策，幫助記者瞭解國家在為人民做什麼。

　　這段時間記者與編輯不再相信「事實會自我表白」（facts speak for themselves），《時代雜誌》創始人亨利魯斯（Henry Luce）積極提倡一種事實與意見融合的報導方式，在第一版中以此方式呈現，並提出對政府及社會制度明智的批評與審核。

　　1950 年代，美國參議員麥卡錫（Joseph McCarthy）曾在演說中指控美國國務院雇用大批共黨份子及同情共黨的人，他宣稱國務院中至少有二百人是共黨份子，而且他擁有這份名單。當時新聞界依照客觀性報導新聞的原則，忠實的記錄麥卡錫的言論，後來事實證明麥卡錫對國務院的指控完全沒有根據，經過這次慘痛的教訓後，新聞記者逐漸體認，傳統客觀性新聞的報導有諸多缺失，於是有越來越多的記者嘗試解釋性新聞的報導方式。

四、新新聞學報導融合新聞故事筆法

1960 年代越戰與校園示威，促成新新聞學（new journalism）及調查性報導（investigative reporting）的報導方式。新新聞學的報導係以小說的筆法，來寫新聞故事，這種報導方式融合小說創作想像力及新聞記者的採訪技巧，強調的是寫作風格及描述的品質，允許發揮想像力，並注重人格、風格及內幕消息的報導。儘管如此，新新聞學寫作方式是必須以新聞事件作依據，不能憑空捏造，而受到新新聞學的影響最大的是雜誌及小說寫作。

五、調查性報導發揮監督力量

美國新聞界扒糞運動（muckraking），在 1960 年代以調查性報導的新面貌出現，他幾乎以政府機構作為報導對象。這種強調新聞界應該監督政府的理念，一直是新聞哲學的基礎，也變成了維護社會公義的一股新興力量。調查性報導最有名的例子是《華盛頓郵報》報導水門案件，並迫使尼克森總統下台。

六、精確新聞報導與科學方法的運用

精確新聞報導（precision journalism）於 1960 年代末期，在美國北卡羅來納大學新聞係教授邁爾（Philip Meyer）推動下漸漸被廣泛運用。它是將科學研究方法與傳統新聞報導技巧融合為一體的報導方式。

美國《北卡羅萊納州明星報》（Raleigh N.C. Star）兩位編輯漢德斯（Thomas Henderson Jr.）與瓊斯（Calvin Jones）於 1810 年 3 月 30 日進行了一項問卷，探詢北卡羅萊納州東西兩區有關農產品

及民生福祉方面是否因為人民很少接觸，而擴大東西兩區間的差異，這項調查被認為是新聞界第一次進行的民意調查，然而此次的調查卻未刊登在明星報上。

台灣地區所進行的第一次精確新聞報導，根據鄭行泉的研究，可能是《台灣新生報》在民國 41 年 2 月進行的有關對日和約之民意調查，這項調查發出 283,600 份問卷，共得到 81,238 份回應，調查結果於 2 月 22 日刊登在新生報。問卷發現 94.8%受訪者認為應該在對日和約中規定台灣與澎湖歸還中國；94.5%的受訪者認為對日和約的性質，應該是以舊金山和約為藍本的正式和約；69.8%的受訪者認為應在和約中要求賠償。

事隔近 60 年後，有關中日和約內容竟又被提出來，成為中日兩國外交的議題，98 年 5 月 1 日日本交流協會駐台代表齋藤正樹在國立中正大學舉辦「國際關係學會第二屆年會」發表談話，宣稱依據「舊金山和約」和「中日和約」，強調日本是「放棄」台灣主權，因此「台灣國際地位未定論」，此一觀點「代表日本政府」。在場的國安會諮詢委員楊永明立刻抗議，表示中華民國政府絕不接受。

事實上，在 98 年 4 月 28 日馬英九總統在台北賓館利用中日和約簽訂五十七周年的機會，完整闡述馬政府對台灣主權地位的法律主張：台灣屬於中華民國的事實，是依據開羅宣言、波茨坦宣言和日本「降服文書」三項文件。

我外交部次長夏立言也即刻召見齋藤表達嚴正抗議，外交部更訓令我駐日代表馮寄台向日本交流協會抗議，爾後齋藤與日本交流協會秘書長堤尚廣皆表示此乃「純屬個人見解」，個人言行並不代表日本政府的立場。根據聯合報 98 年 5 月 2 日報導，該協會接獲我國抗議後，隨即給了我方一份正式聲明：根據舊金山和約第二條，日本放棄所有對台灣的權利、權利名義與請求權，所以對台灣法律地位問題，日本政府沒有獨自進行認定的立場。

　　事發後呈現不同的民意，有人表示就算事後解釋是齋藤正樹「個人言行」，但外交官一言一行就代表國家，「豈有個人言行的空間」？出現這種言行的齋藤，能不能再出任駐台代表？而外交部發言人陳銘政則表示，我方已在第一時間要求道歉，對方既道了歉，也撤回相關發言，此事可以說「到此為止」。

　　有關精確新聞報導的發展，到了 20 世紀初期，美國各大城市的報紙開始將大眾的意見納入新聞報導中，也藉著民調結果來解釋選民的投票行為，當然，隨著民調的被廣泛使用，為了要有更精確的結果，科學的抽樣方法例如隨機抽樣、系統抽樣、立意抽樣等方法也相繼問世。

　　目前多數具規模的媒體大都設有專屬的民意調查單位，來從事重要議題的調查，並作為自己媒體報導的根據，而不再依賴其他單位提供的消息，媒體的報導也避免墜入過去「麥卡錫主義」所設下媒體照本宣科的陷阱。

第三節　現代報業的發展

一、現代報業之類別

　　現代報業有不同的標準來劃分其類別，例如以內容為準，有嚴肅性或通俗性，有綜合性或專業性，有資訊性或娛樂性。以發行日期為準，有日報或周日報（只有在星期天發行），如果是雜誌，則有週刊、旬刊、雙週刊、月刊、雙月刊、季刊、半年刊、年刊等。以發行地區為準，可分為全國性的報紙或省縣地方性、社區性報紙。以篇幅為準，可分為大報（對開張）和小報（Tabloid，四開張，為大報的一半），小報通常照片較多，新聞或評論也比較簡短，頁

數不見得少於大報，在英國星期天發行的小報，每份約在五十至六十頁之間。

二、傳播科技影響新聞呈現

科技的發展影響人類的生活與傳播型態是不爭的事實，人類傳播階段的演進有下列各端：(一)語言的傳播紀元；(二)文字的傳播紀元；(三)印刷的傳播紀元；(四)電子的傳播紀元；(五)太空的傳播紀元。

(一) 語言的傳播紀元：大概在幾十萬年前產生了音節語言。語言的產生是人類傳播史上第一個重要的里程碑，從此以後，口頭的語言傳播就成了人類主要的傳播形式，也是聯繫社會成員的基本紐帶。

(二) 文字的傳播紀元：有象徵性的符號或圖像的文字，如象形文字和楔形文字。象形文字（Hieroglyphic）是華夏民族智慧的結晶，是老祖宗們從原始的描摹事物的紀錄方式的一種傳承，也是世界上最早的文字，更是最形象，演變至今保存最完好的一種漢字字體。

　　「楔形文字」這個名稱，是英國人取的，叫 cuneiform，來源於拉丁語，是 cuneus（楔子）和 forma（形狀）兩個單詞構成的複合詞。公元前 5000～4000 年左右，有了埃及文字，其象形文字也有取材於自然形態，與漢字一樣是用來表示物體的繪圖，及表達思想的記號，也是表現聲音的符號（其寫法能表現發音的方法），這種符號後來被視為聲音符號的起源。在古代美索不達米亞，最初的文字外觀形象並不像楔形，而只是一些平面圖畫。顯然，被後世稱為楔形文字的美索不達米亞古文字，正是起源於圖畫式象形文字。考古學家曾在烏魯克古城

發現了刻有這種象形符號的泥版文書，經考證時間是公元前
3200 年左右。這是世界上最早的文字記載。由此可知，古代
美索不達米亞楔形文字與世界上其他民族的文字一樣，經歷了
從符號到文字的發展過程。

(三) 印刷的傳播紀元：雕版印刷是最早在中國出現的印刷形式，現
存最早的雕版印刷品是 1966 年在韓國慶州佛國寺發現的《無
垢淨光大陀羅尼經》，刻印於 7 世紀末中國唐朝武則天時代。
活字印刷術是在十一世紀中期，中國北宋慶曆年間（西元
1041-1048 年）由畢昇所發明，畢昇所發明的活字以膠泥為原
料製成，稱為膠泥活字印刷，是世界上最早的活字，它比德國
谷騰堡的活字印刷早四百多年。而古騰堡（Johannes
Gutenberg）則被認為是西方活字版印刷術發明者，製作出世
界第一本活版印刷書籍《古騰堡聖經》（又名《四十二行聖
經》）。活字版的發明和發展，使人類得以享受方便、迅速、低
成本的書籍及印刷產品。

(四) 電子的傳播紀元：在電報還沒有發明以前，人類最早利用「烽
火」來傳遞消息，但是烽煙警示的傳送距離不遠。後來又有人
發明「打旗語」來傳送訊息，但也因為傳送距離太短、不方便，
又容易誤傳，最後也被淘汰了。經過科學家不斷地努力，才促
成了現代傳播科技的進步。以下為電子傳播科技的重要發展過
程：1、電報：1838 年摩斯發明電報，以長短信號代表字母，
用手按鍵發出信號，每分鐘可發十個字，接收機畫出長線和
點，由收報員解碼寫出收到的訊息。2、電話：1876 年美國
青年貝爾發明了靠簧片振動傳聲的第一具電話，他利用聲音振
動簧片，簧片附近的電磁鐵隨即把振動變成強弱變化的電流，
電流經電線傳到受話器，再利用電磁鐵振動另一簧片，把電信
號重新變成聲音，從此人類的聲音可藉由電線傳到遠方。3、

無線電：1864 年劍橋大學科學家馬克士威結合了電和磁的知識，在理論上證明了無線電波的存在，1894 年義大利人馬可尼製作了第一架電波發射機，後來，由於發明了電波的「調諧」電路，增加了無線電信號傳送的距離，而且使兩臺發射機可在同一地區發報而互不干擾。4、電視：1897 年德國物理學家伯朗恩發明一種陰極射線管，他在管內裝上電極，加熱就會釋出電子，撞擊螢光幕的螢光塗料時會產生光點。由於陰極射線管的發明，也才有今日的電視機。

(五) 太空的傳播紀元：也就是透過衛星傳遞聲音、影像與訊號。1957 年 10 月 4 日蘇聯發射第一顆人造衛星 Sputnik「史波尼克號」，開創了人類太空傳播紀元的可能，1958 年聖誕節前一星期，美國繼是年 1 月 31 日所發射的 Explorer1「探險者一號」，又發射另一顆由美國無線電公司製造的軌道通信衛星「斯科爾」（Project Score），衛星上裝有艾森豪總統（Dwight David Eisenhower，暱稱艾克 Ike）聖誕賀詞的錄音帶，從太空自動向地球播放，這是人類首次有來自太空的訊息。

人類諸多傳播都是仰仗太空傳播科技的發展，衛星新聞採訪車（Satellite News gathering，SNG）更讓新聞現場的聲音和畫面即時呈現在閱聽人的面前成為可能。從此，人造衛星便廣泛地應用在通訊、軍事、氣象、太空探測及娛樂等各方面，開啟了人類傳播科技史的新紀元。

三、網路新聞的興起

網路的啟用，也改變了編輯的習慣，傳統的編輯程序大多是記者撰稿、採訪主任審稿、編輯下標題、拼版，日報與晚報截稿後分版上版、印刷、落成一整份報紙，依各區份數捆好，再分送各地發

行到戶,或是發送各零售點。然而,網路報的興起,並不需要將紙本送達閱聽眾手上,而是想要瀏覽新聞的人上網直接點選即可,當然網路新聞仍需要編輯,尤其是網路即時新聞必須隨時更新,如果有正在發生或有後續發展的新聞,更是經常得鋪上最新發展的新聞稿。此外,近年來網路新聞與影音消息在同一資訊平台上,閱聽眾還可以透過網路搜尋影音檔,更增添了新聞的及時性、可聽性、生動性、可看性與現場感。

思考問題

1. 新聞的要素與價值有哪些?請說明之。
2. 請談談新聞報導方式的演進。

實作作業

1. 請同學分成若干組,從近一星期的媒體報導中蒐集符合各項要素與價值的新聞,並請將上述新聞及其要素價值製作成一份報告,繳交書面報告給老師外,亦請向全班進行口頭報告。

參考書目

「二次金改弊案開庭,扁家首次法庭大團圓」,中國時報,2010 年 5 月 11 日。
中央社,「朝日新聞申請專訪扁,法務部駁回」,2009 年 4 月 2 日。
www.s1979.com/a/news/gangaotai/2010/0511/34810.shtml -

王己由、顏玉龍，「珍：我還沒窮到去侵吞 1 千萬」，中國時報，2009 年 4 月 3 日。

王己由，「國務機要費，小科長嗆珍，無恥的事不好笑」，中國時報，2009 年 4 月 3 日。

王洪鈞（1992）。《新聞採訪學》。台北：正中書局。

王洪鈞（2000）。《新聞採訪學》。台北：正中書局。

王筱璇、勤淑瑩合譯（2005 年 5 月），Melvin L. DeFleur , Everette E. Dennis 原著，大眾傳播概論，Understanding Mass Communication: A Liberal Arts Perspective(E)，台北：雙葉書廊有限公司，。

方怡文、周慶祥著（2007）。《新聞採訪寫作》。台北：風雲論壇。

文龍，「調查得關鍵證據　朝鮮半島起風雲，天安艦沉沒涉北韓魚雷」，http：//hk.epochtimes.com/10/5/19/118252.htm

石麗東（1991）。當代新聞報導》。台北：正中書局。

池北偶談，卷四，維基文庫，Wikisource，zh.wikisource.org/wiki/，2010 年 5 月 10 日。

李志德，「台灣地位未定？日代表失言道歉」，聯合報，2009 年 5 月 2 日。

李志德，「齋藤犯馬大忌，我暗示不適駐台」，聯合報，2009 年 5 月 3 日。

李茂政（2005）。《新聞學新論》。台北：風雲論壇有限公司。

李金銓（1994）。《新聞採訪學》。台北：三民書局。

李明賢，「兩岸走太快，日測馬底線？」，聯合報，2009 年 5 月 2 日。

李筱峰，「假如我是陳致中」，自由時報，2009 年 3 月 29。

李潤波（2007）。「由《邸報》到《京報》京報源流小考」，《收藏・拍賣》，第 12 期。金月牙期刊網 qkzz.net/magazine/1672-6928/2007/12/2260095. htm - 32k - ，2010 年 5 月 10 日。

李瞻（1981）。《世界新聞史》。台北：國立政治大學新聞研究所。

呂郁女，《在災難中建立國家形象》，中國時報，民國 98 年 8 月 26 日，第 A14 版，時論廣場。

天下雜誌轉載，2009 年 8 月 28 日：
http：//www.cw.com.tw/article/index.jsp?id=38775

芍苓，「吳淑珍再度哭窮：扁家只剩一百二十萬」，香港，中通社，2009
年 11 月 7 日。

佚名，「從象形文字到楔形文字」，2010 年 5 月 10 日。
www.xueshubook.com/Article/ShowArticle.asp?...2383 -

祁傳璽、陳芃霈，「紅衫軍首度致電求和群眾拿小孩當盾牌」，國際新聞
NOWnews 今日新聞網，新聞來源：東森新聞，2010 年 5 月 18 日。
www.nownews.com.tw/2010/05/18/334-2604376.htm -

林東泰（1999）。《大眾傳播理論》。台北：師大書苑。

林佳璇，「泰國紅衫／曼谷普吉以外泰國全境升高橙色警戒」，TVBS，2010
年 4 月 11 日。
www.tvbs.com.tw/news/news_list.asp?no=ghost20100517190115

吳宇虹，「論文字起源及象形文字、楔形文字世界古代史研究網」，2009
年 7 月 8 日，www.cawhi.com/show.aspx?id=4120&cid=9 - 。

青年記者，網路時代新聞定義的新突破，2006 年 12 月 24 日
www.360doc.com/relevant/3/7/8/5/305873_more.shtml -

「扁案開庭，扁全家法庭團圓」，民視新聞網，2010 年 3 月 19 日。

約翰·古騰堡——活字印刷術之父，自由繪天堂，Yahoo!奇摩部落格。
tw.myblog.yahoo.com/...-/article?mid=46 -

施孝昌，Rene J.Cappon，《美聯社新聞寫作指導》，台北：三思堂出版。

徐培汀（2006）。《中國新聞傳播學說史》。重慶出版社。

高凌雲，「齋藤正樹：台灣地位未定論，我冷處理」，聯合報，2009 年 5
月 2 日。

涂裔輝（1992）。《廣播電視寫作理論與實務》。台北：正中書局。

師瑞德，「北京可能支持聯合國制裁」，旺報，2010 年 5 月 22 日。

郭匡超，「總統府曾為炒股中心，馬：很傷心」，中時電子報，2009 年 4
月 2 日。

陳世昌、王光慈，「日交流協會：台灣地位，日無認定立場」，《聯合報》，2009 年 5 月 2 日。

陳世昌，「北韓嗆南韓，朝鮮半島處於戰爭狀態」，聯合報，2010 年 5 月 22 日。

陳世昌、編譯林沿瑜，「證據確鑿！擊沉天安艦的魚雷，北韓製造」聯合報，2010 年 5 月 21 日。

陳洛薇、陳至中、林上祚，「扁戶外放風揮手向媒體打招呼」，中時電子報，2009 年 1 月 14 日。

陳俊雄，「法務部駁回朝日新聞看守所採訪阿扁申請」，中國時報，2009 年 4 月 3 日。

陳敏如，「曼谷列紅色警戒機場旅客傻眼旅遊業挫咧等」，台視新聞網，2010 年 5 月 17 日。www.ttv.com.tw/news/view/?i=09904114924603L

深圳明鏡網──史海鉤沈，正義網，古代官府的「內參」，2008 年 3 月 17 日，www.szmj.gov.cn/shgc/200803/t20080312_242487.htm - 24k--，20100510。

黃菁菁，「美加派隱形戰機駐沖繩」，中國時報，20100522。

彭志平，「希拉蕊批北韓，美 F22 戰機待命」，旺報，2010 年 5 月 22 日。

彭淮棟，「南韓開緊急國安會，北韓繼續撂狠話」，聯合晚報，2010 年 5 月 1 日。

彭淮棟編譯，「立即制裁北韓？美國國內激辯」，聯合晚報，2010 年 5 月 21 日。

溫貴香，「陳致中投書寧生平常家庭，扁：這是宿命」，中央社，2009 年 3 月 26 日。

喻權域，再論「新聞」的定義，人民網，2004 年 3 月 8 日。www.people.com.cn/GB/14677/22100/32505/32506/2379324.html - 23k -20100510。

楊孔鑫（1996）。《誰改變了艦隊街──英國報業的變遷》。台北：正中書局。

楊舒媚，「馬再籲廉政：上樑不正下樑歪」，中國時報，2009 年 4 月 3 日。

電子傳播科技的發展，
　　http：//content.edu.tw/junior/life_tech/tc_jr/life_tech03/301/brief01.htm，
　　2010 年 5 月 14 日 Google。

電子傳播互動百科，www.hudong.com/wiki/電子傳播。

《傳媒寫作與案例》圖書詳細資料信息/China-Pub www.china-pub.com/
　　1502119 - 19k -

新華網理論頻道，「美國民主、自由、人權戰略的來龍去脈」，來源：紅旗
　　文稿，2009 年 2 月 6 日。

「審二次金改案，扁家『團聚』，扁子從政為正義？邱毅：丟臉！」，大公報，
　　2010 年 5 月 11 日。www.takungpao.com/news/10/05/11/TM-1256032.htm

蔡佩芳（2009 年 5 月 2 日）。〈日代表失言，藍：該提外交召回〉，聯合報。

網路時代新聞定義的新突破，來源：青年記者，2006 年 12 月 24 日，20090331
　　搜尋 Google。big5.xinhuanet.com/gate/big5/news.xinhuanet.com/
　　newmedia/2006-12/24/content_5525886.htm - 68k –，20100510。

蔡增家，「台灣地位未定？專家看：應堅決捍衛國家地位」，聯合報，2009
　　年 5 月 2 日。

鄭行泉，「我國民意測驗溯源」，報學，7 卷 2 期，頁 82-88，台北：中華
　　民國新聞編輯人協會，民國 73 年 6 月。

鄭貞銘、林東泰、鍾蔚文（1988）。《新聞與傳播》。台北：國立空中大學
　　印行。

賴又嘉，「海外鉅款匯不回，陳致中歸因母親」，中央通訊社，2010 年 3
　　月 19 日。

蕭白雪、蘇位榮，「敏薰對質，珍：一千萬不在我眼裡」，聯合報，2009
　　年 4 月 3 日。

韓國今日正式公布天安艦沉沒事件調查報告，北京新浪網 2010 年 5 月 20
　　日。http：//news.sina.com.tw/article/20100520/3162740.html

「韓媒：強硬制裁北韓，國際合作須到位」，中央社，2010 年 5 月 22 日。
　　聯合報。《聯合報編採手冊》。台北：聯合報編輯部。

羅文輝（1991）。《精確新聞報導》。台北：正中書局。

蘇位榮、蕭白雪，「法庭大團圓，被告席扁珍長談」，聯合報，2010 年 5
月 11 日。udn.com/NEWS/NATIONAL/NAT1/5590382.shtml

Nownews，「不滿凍產槓法官！吳淑珍：不如判我死刑！不如去搶好了」，
2009 年 11 月 6 日。www.nownews.com/2009/11/06/138-2529685.htm，
20100510。

第三章　媒體採編流程

蕭耀文編寫

第一節　人人都是守門人

一則消息在事件發生之後，能夠經過報紙、電視、廣播、網路等大眾傳播媒介，傳播到千千萬萬的閱聽大眾，並不容易。不管是傳統的報紙等三大媒介，或是近年來來勢洶洶的網路媒體，都有一定的處理過程。這個處理過程固然因媒介的不同，而有所差異，但基本上是大同小異的。

一般說來，有幾個步驟：（1）事件之發生；（2）事件之發現；（3）消息之採訪報導；（4）選擇新聞和編製新聞；（5）排印或播報新聞；（6）傳遞新聞到目的地；（7）閱聽人對新聞的接受、理解或使用。

第一至第三項，是屬於採訪記者的工作範圍，第四項由編輯人員擔任，第五項則由報紙的排印部門或電子媒介的播報人員擔任；第六項則是報紙發行部門或電子媒介之發射工作人員的工作。（李茂政，2005）

以《聯合報》為例，每天記者發稿的字數，大約在六、七十萬字，但是，能夠見報的新聞量，隨著字體和字距、行寬不斷放大，

早年容納一萬二千字的版面，現在只能容納五千字。厚厚一疊報紙，也不過採用十幾二十萬字。

國外的媒體，情況也雷同。《紐約時報》的編輯們，平均每天要在一百萬字左右的資料中，選出十萬字，供讀者閱讀。（李子堅，1998）

一項資料或一個新聞事件，從發生到見報為止，最少需要經過六個專業人員加工，才能順利產生，獲得在媒體中曝光的機會。這六個專業人員大約是記者、各組召集人（組長）、採訪主任、分稿副總編輯、各版編輯、總編輯。當然，它會因媒體的不同製作流程而產生增減，例如電視新聞節目的製作流程，就比較簡化，不過裝配線的作業仍然存在。（康照祥，2006）

這些負責層層關卡和繁複過程的媒體從業人員，就是新聞學上的「守門人」（gatekeeper）。一則新聞在上述流程中，只要任何一關的守門人覺得有疑問，稿子即可能上不了報紙或無法在電視、廣播中播出。因此，從事媒體或相關工作，都必須深入了解媒體的採訪、編輯等作業流程，才能讓自己的工作更加順利。

上述關於守門人的概念，常用在大眾傳播過程的研究上，特別是在媒介組織內有關印刷品選擇或刪除一些潛在資訊行動的參考。

此概念源自李溫（Kurt Lewin）的研究，是關於家庭食品購買的決定。他指出，資訊總是經由一些管道流通，而這些管道包含決策形成的守門地帶（gate areas）；其決定是根據公正的規則或「守門人」本身，如同資訊或貨物被允許進入管道中。在另一面的參考中，他求助於大眾傳播中新聞流通的比較，此觀念被懷特（White 1950）運用於美國非都會區報紙電訊編輯的研究，在決定拋棄某些資訊項目時，被視為是有價值的守門活動。（楊志弘、莫季雍，1996）

下圖可以說明守門人守門的過程。守門人的角色是把各種不同的來源（S1，S2，S3）所接收的訊息（M1，M2，M3），轉變成各

種訊息（MA，MB，MC）。然後再轉播給不同的接受者（R1，R2，R3），因此所有消息能否變成新聞，或被如何報導，似乎取決於這些守門人。（McQuail and Windhl，1997）

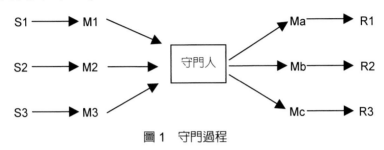

圖 1　守門過程

　　貝斯（Bass 1969）在對守門理論修正時，提出一種簡單但重要的現存模式。他對先前懷特和麥克奈里模式的主要評論是，認為不同「守門人」的角色沒有被區隔開，且未指出選擇時的最主要關鍵處。他認為，最重要的守門活動，發生在新聞組織中，此過程可分成二個階段──新聞採訪和新聞處理。（見圖2）

　　第一階段發生於當新聞採訪者將「未加工新聞」──事件、演講和記者會──變成「新聞」或新聞事項；第二階段則發生在新聞處理者修正和合併各項消息成為「完成的產品」──報紙或廣播新聞──傳達給公眾。（楊志弘、莫季雍，1996）

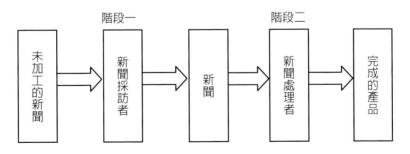

圖 2　新聞處理的二個階段（Bass 1969）

學者何許（Hirsh）則認為編輯的「守門」的過程，並非隨心所欲，為所欲為，而須受組織的約束與影響。（李茂政，2005）

吉伯（Walter Giber）說：一位報人在編輯時，新聞本身的價值或個人的評價，對新聞的取捨都不是頂重要的因素。最重要的還是媒介機構壓力，他們必須把報紙編出來。所以常常最關心生產業務、機構裡的事，以及新聞室的人際關係。至於新聞本身有什麼社會效果或社會意義，反而是其次了。他們對閱聽人的概念，是非常模糊的。換言之，媒介組織內的內在邏輯與既定規矩，往往比個人主觀立場更重要。（giber，1964）

第二節　媒體的組織架構

傳播媒體是專業人員的龐複科層組織，儘管傳播工作者各有各的背景和喜怒哀樂，傳播組織卻一樣地非常科層化。在某種程度內，傳播媒介製造過程是可以與工廠的裝配線互為比擬的。因此新聞訊息的產生，有如製造工廠一般，需經過幾道不同關卡才能完成。（康照祥，2006）

美國學者坦斯多（Jeremy Tunstall）把新聞部門分為「新聞蒐集者」（如記者）和「新聞處理者」（如編輯）。如果把這兩種角色再加以比較，在科層特徵方面，前者以階級畫分較不明顯，後者較明顯；在心理取向方面，前者傾向消息來源，後者傾向閱聽人；在工作性質方面，前者較不例行性，後者較例行性；在分工標準方面，前者以主題為主，後者在版面及各階段都有分工。又所謂新聞部門比較「非例行性」，是指與整個機構相對而言，不是絕對的。尤其是任何龐雜的科層組織，一定要有策略把作業流程加以若干程度的「例行化」才行。（Tunstall，1977）

　　不管如何，在新聞處理過程中，可以參與意見的人，都是守門人。媒體新聞室的科層組織越複雜，處理過程也繁複。亦即媒體編採作業的流程，不因媒體的不同而有別，反而和新聞室的科層組織層級多寡息息相關。科層級數越多，流程就越長。因此，媒體從業人員和相關工作人員，必須清楚所屬媒介的科層組織，才能讓自己的工作順利執行。

一、報紙的組織編制，以聯合報為例

　　《聯合報》編輯部共有十二個單位，包括三個主要採訪單位：採訪中心、地方新聞中心、影視消費中心，以及大陸新聞中心、國際新聞中心、編輯中心、民意調查中心、專欄組、副刊組、企畫組、美術中心、編政組。

　　採訪中心負責中央部會及北部三縣市新聞的採訪，設有政治組、經濟組、科技生活組、醫藥組、社會組、體育組、專案組及台北市、台北縣、基隆市三個縣市採訪辦事處。中心除主任外，另有副主任若干人；各組置組長一人，另有召集人及記者若干人。

　　地方中心負責外埠縣市新聞的採訪，設有北部、中部、南部三個組，各組下轄各縣市採訪辦事處，是記者人數最多的單位，最多曾達三百多人。雖然因人力精簡及台北縣、基隆市撥交採訪中心，2010 年初仍有一百廿人左右。中心由主任統轄，另有副主任及整理記者若干人；各組組長一人，所轄各縣市由特派員或召集人領導，配置記者若干人。

　　影視消費中心顧名思義，負責電影、電視及消費等軟性新聞的採訪，採訪人力僅次於地方、採訪中心。

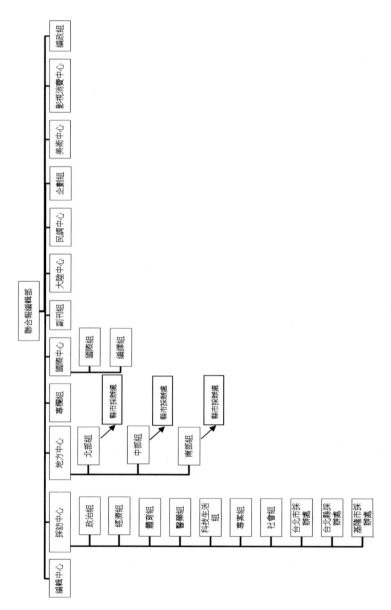

圖 3：聯合報編輯組織圖

二、電視台新聞部組織編制，以中天電視台為例

　　中天新聞部編制近五百人，由總監統籌指揮調度，下轄三名副總監，分別負責督導採訪中心等單位。副總監一督導人數近二百人的採訪中心，採訪中心置主任一人，設有製作小組、社會中心區域中心、財經生活中心、攝影中心、SNG 中心，各中心設主任、副主任，下轄二至六個單位，各三級單位分別有記者若干人。

　　副總監二督導國際中心、大陸中心、節目專案中心和專題中心，各中心由主任調度指揮，下轄二至三個單位。

　　副總監三負責督導編輯中心、製播中心及視創中心等三個後製作單位，各中心由主任調度，分別轄有三至五個單位。

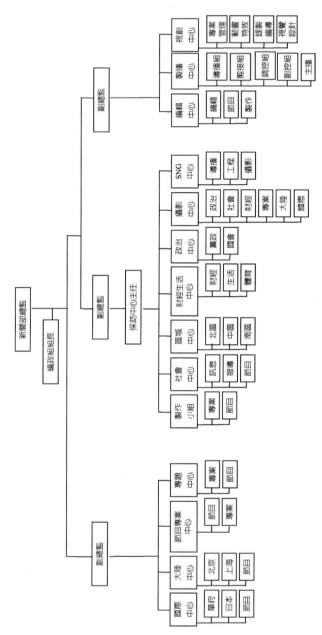

圖 4：中天電視台新聞部組織圖

三、廣播電台新聞部組織編制，以中廣為例

　　廣播電台中，中廣新聞台人員的組織編制，是目前所有廣播新聞公司中陣容最堅強的，分成新聞採訪組、新聞編輯組、新聞行政組等。

　　台北地區新聞採訪組包括政治線、經濟線、生活線（包括科技、藝文、體育、環保、消費、影劇等軟性新聞）、社會線，各有記者若干人。

　　新聞編輯統稱為編播組，有主播、編輯，另外還有編譯，編播組負責隨時改寫新聞，並安排新聞的提要、流程、播送等工作。

　　新聞行政組負責節目規劃工作、行政工作、安排廣告、專題安排時間、負責插播帶、機器維護、資料整理、歷史檔案整理及事務機器維護。

　　另外中廣全省有九個分台，包括新竹、苗栗、嘉義、台中、台南、高雄、台東、花蓮、宜蘭，每個分台約二至五人。（陳萬達，2001）

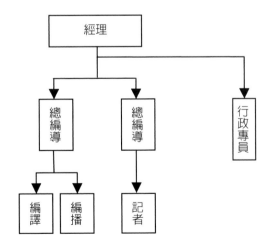

圖 5　中廣新聞台組織編制

第三節　編輯、採訪作業流程

　　編輯所用的新聞稿，都是經由各種途徑獲得的。一般獲得新聞的管道有：採訪記者、新聞通訊社、資料供應杜、資料室，及事件當事人提供的資料，或各機關團體公關人員（含發言人）所提供的新聞稿等。（李茂政，2005）

　　不過，不同的媒體對新聞素材的需求，自然也就不同。各種媒體對新聞素材的需求如下：

　　一、報紙：文字、圖片

　　二、廣播：文字、聲音

　　三、電視：文字、畫面、聲音

　　再加上不同媒體新聞室的科層組織不同，編採作業流程也不一樣，茲分別敘述如下：

一、報紙編輯、採訪作業流程，以聯合報為例

　　《聯合報》素以制度完善著名，編輯部的科層結構分明，再加上有其他媒體所沒有的整理記者這個層級，作業流程的繁複，也就成為各媒體之最。而聯合報編輯部各單位中，地方新聞中心因有地方版，再加上記者分布各縣市，作業流程特別冗長。一則新聞要在全國版重要版面刊出，得經過層層守門人的關卡，它的作業流程，可以涵蓋各單位，甚至各媒體。見圖 6。

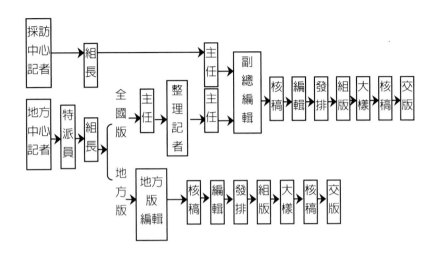

圖6：聯合報編採流程

　　正因《聯合報》編輯部的科層架構分明，因此，對每一層級的工作內容，都有明確規範。根據《聯合報》編輯部地方新聞中心工作人員服務規則，各級人員的工作內容為：

1.區域組長

(1) 下午三時三十分彙整各縣市特派員（召集人）提報建議上全國版重要新聞，供編輯部編前會討論。另就地方版版面規劃，與特派員（召集人）做初步討論。

(2) 晚間七時前，就特派員規劃地方版版面建議稿單，與特派員（召集人）第二次討論後，裁定各地方版版面。

2.整理記者

(1) 負責整理各地記者來稿，並詳閱各報，比較新聞，檢討得失，協助組長規劃新聞採訪。

(2) 新聞寫作不理想的稿件，應予改寫，審稿時須注意來稿內容有無錯誤，遇爭議性新聞，應確實把關，做到平衡報導要求。

3.特派員

(1) 下午三時三十分前，將整理後的重要新聞提報內勤區域組長。

(2) 晚間七時前，完成地方版版面配置規劃，並審閱同仁稿件，遇有同質性新聞，應協助內勤主動整併，精簡版面。

(3) 發生重大事件，應立即通報值班副主任、區域組長或主任；若遇休假，也應儘可能銷假趕回指揮全局。

4.召集人

(1) 協助特派員整併稿件。

(2) 每天上午應展開採訪工作。

(3) 遇線上發生重大突發事故，應立即通報特派員、值班副主任及區域組長或主任。

5.記者

(1) 上午即應展開採訪工作，下午三時前，應將重要新聞向特派員彙報。

(2) 遇線上發生重大突發事故，應立即通報特派員、值班副主任及區域組長或主任。（聯合報）[1]

---

[1] 為因應出報時間提前，記者、特派員通報新聞時間均已提前半小時。依照規定，記者通報資料必須包括當天預定撰發的所有新聞提要、預定撰寫字數、照片張數。

　　特派員衡量後於下午三時前提報建議發全國版或地方版，組長審酌後提報建議全國版新聞，主任則於下午四時參加編輯部第一次編前會議，各單位一一報告當天新聞及建議刊登版面，經過與會主管討論後，總編輯裁示各版新聞內容。

　　晚間七時五分舉行第二次編前會議，參加人員擴大，所有全國版編輯均須與會，依照版面順序，由各單位主管一一說明各版新聞內容，散會後立即展開編輯工作。

　　《聯合報》在編採手冊中明文規定所有人員必須「執行編前會議決議」，要求對「會中並討論那些議題需要加強、配合，如有爭議，總編輯裁定，宣布各主要版面的新聞配置，各單位遵照執行。」

　　而編輯擔負的角色有下列各項：

(1) 新聞裁量者：新聞有輕重簡繁，這中間尺度的拿捏，有賴編輯依專業判斷來作裁量。

(2) 新聞真實和正確性的辨別者：新聞首要就在於真實和正確。謠言、風聞、閒話和小道消息絕不是新聞，編輯有責任和義務辨別新聞的真偽。

(3) 新聞道德的維護者：大眾傳播媒體影響深遠，誇大聳動歪曲事實的新聞，重則危害國家社會利益，輕則損及私人權益，因此，編輯有責任維持報紙正派高尚的風格。

(4) 新聞具體的呈現者：新聞素材紛雜，編輯須善加選擇並在版面上適當安排，做到士次分明，眉目清晰，具體呈現在版面上，吸引並便利讀者閱讀。

(5) 新聞最後的把關者：在報紙的守門過程中，新聞雖經層層關卡的修改、整理、增刪、歸類，但處理過程難免有盲點，編輯有求全心態，做到句句通暢，字字無誤，版版權威，條條精彩。

另外，並要求編輯必須「親閱大樣，詳看每一題文，清樣也須再仔細審核一遍，才算完成工作。」（聯合報編輯部）

二、電視新聞單位的編採流程

全世界之電視台，在新聞製播的制度設計上，大抵不脫編輯制、製作人制或二者並行，西方國家之電視台絕大多數採取製作人制，台灣電視台則大多係雙軌並行，重點經營之時段配置有製作人，尤其是具有高知名度之主播播報之時段；而一般新聞時段則大多採編輯制。（陳萬達，2001）

電視新聞和平面媒體對新聞素材的需求，除了一樣要文字稿，最重要的是必須有畫面和聲音。一般而言，電視新聞有六種格式：

1. DRY（乾稿），沒有畫面，只有供主播播報的文字稿。
2. BS（before sound），有文字稿，也有新聞畫面，但是畫面是沒有任何聲音出現的。通常是稿頭（沒畫面）+NS 稿（有畫面）。
3. SO（sound on），這種格式指的是新聞帶子中只有事件當事人、關係人或者其他消息來源的聲音，沒有記者本身的配音或其他後製加工音效。
4. SBNS，這種格式的文字稿有稿頭+NS 文稿，畫面則有 SB 和 NS 兩種。這種格式適用於有後續發展的重大事件，新聞搶時間、搶重點談話。
5. SOT（sound on tape）：這種新聞格式最完整，包括記者的過音稿子、現場聲等等。通常，這種格式新聞適用於重要性高的新聞，當然也包括分析、評論等。
6. MTV 精彩畫面，加上音樂的配樂，常用於片尾，稿頭可有可無。

　　電視新聞和平面媒體除了新聞呈現方式有別，另外最大的差異點是平面媒體通常一天只出版一次，而電視新聞可以做即時報導，甚至現場轉播。為了掌握新聞時效，一天要開好幾次編採會議。以下是一家電視新聞台的編採製播會議規定，由這項規定，就可以了解電視新聞的編採作業流程：

A.上午編採會議

1. 每日上午 08：30 開會。
2. 開會前先開出上午的所有稿單，包括連線 LIVE、SOT、NS、SBNS。
3. 上會議桌前，一定要翻讀所有日報的相關新聞內容。
4. 稿單宜有重點新聞（或者套稿系列的稿單）。

B.午間編採會議

1. 中午 13：00 開會。
2. 開新稿，而且最好要有獨家、成套的稿件。
3. 零散或者其他通稿，1430 的編採會再補充。（會議前要開好稿子的 SLUG）

C.晚間編採會議

1. 晚間 19：45 開會。
2. 先就當天新聞要續追的部分，開出追蹤方向稿單。
3. 就翌日的新聞題材預作規畫。
4. 會議結束後，提早發動，或者告知記者採寫方向，開好 SLUG。

D.重大新聞製播會議

1. 遇有重大新聞，提早規畫，並請副總監主持跨中心製播會議。
2. 開好稿單，含預作稿、當日稿。
3. 提出人力需求、SNG 部署需求、跨中心合作需求。
4. 視活動情況，決定是否預發連線 L 框、天空標、小片頭、路線動畫圖、大事紀、開框需求（可請編輯中心協助）。
5. 重大新聞製播會議，宜開會至少兩次以上，確認，再確認。

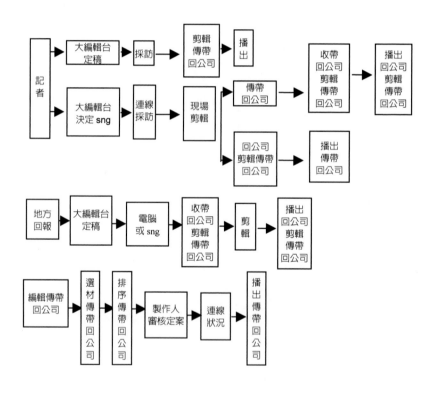

圖 7　電視新聞的編採製播流程

三、廣播新聞的編採流程

　　廣播的「直述新聞」因受時間限制，一般新聞都是簡單明瞭。它播報的次數多，但新聞量有限（每次五分鐘至十五分鐘不等），新聞選擇要特別注意適時性、影響性、趣味性，及知識性。新聞編輯大都先依其發生的地域分類，如「地万新聞」、「國內新聞」、「國際新聞」，及「氣象時間」、「體育新聞」等項。

　　記者撰寫新聞稿時。由於每則新聞播報時間約一至一分半鐘，導言撰寫必須力求清晰、迅速、明確、節省時間，長度約在一百字以內，整則新聞的字數也約在三至四百字左右。

　　廣播新聞力求簡潔，而且議題儘量不要太複雜。若同時牽涉多項議題，則需將新聞拆開報導，記者傳回新聞稿之前，必須要將播報的重點精華以簡要的導言的方式撰寫，而導言必須要有提要的精神，換言之，記者所撰寫的導言。必須是可以讓編輯製作提要所使用。（李茂政，2005）

　　中廣規定記者與編播、編導群的工作內容及作業流程，主要內容如下：

（一）新聞採訪方面

1. 文字記者在每日下班前，將次日之新聞線索及規劃採訪之議題告知各組召集人或分台科長。駐外記者直接和採訪組長聯繫，分台科長向採訪組副組長報告。
2. 記者如掌握充分資訊，先行預發新聞，如有時效，次日清晨採訪會議之前，和編導群聯繫，確定新聞處理方式。
3. 記者掌握各媒體新聞焦點，如需反應，及時完成採訪及撰稿傳送。

4. 每日上午九點，由經理召集編輯組、編譯組、行政及採訪組正副組長與各小組召集人開「採訪會議」，副總視實際狀況需要得列席督導，會中依記者所提之新聞線索，討論篩選，確定當日採訪工作重點及方向。

5. 在採訪會議結束後，組長與相關記者聯繫，轉達會議決定之新聞重點和方向，協調分工，避免衝突重疊。

（二）編導群新聞審查方面

1. 注意報導音質，如無法剪輯，通知記者重新傳稿。

2. 注意新聞報導是否正確，如有錯誤，通知更正，重新發稿。

3. 新聞如需要更新，通知記者，重新發稿，並刪除已失效的稿件。

4. 記者回報重大事件，安排現場或插播新聞。

5. 連絡記者製作配合新聞、完成新聞分類、規定使用間隔距離，以及重點提示後放出，供編輯台選用稿件。（陳萬達，2001）

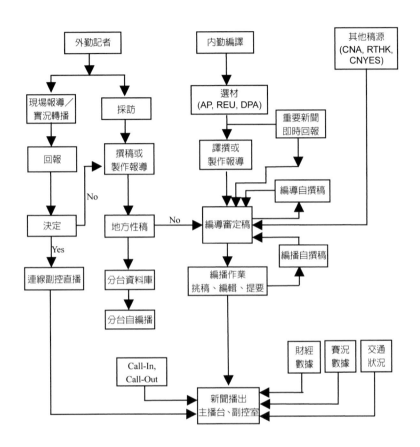

圖 8：中廣新聞採譯編播作業流程

思考問題：

1. 一則消息經大眾傳播媒體傳播到受眾，有一定的處理程序，請說明是那幾個程序？

2. 貝斯（Bass）認為，最重要的守門活動，發生在新聞組織中，過程可分成二個階段，請繪圖並說明。
3. 新聞的處理過程，和編輯部的科層組織有關，請說明。

實作作業

1. 請學生分組訪問各媒體編輯部，了解各編輯部的運作情形，撰寫各編輯部的編採流程。
2. 比較傳統三大媒體報紙、電視、廣播的編採流程。

參考書目

李茂政（2006）。《新聞學新論》。台北：風雲論壇有限公司。

李子堅（1998）。《報的風格》。台北：聯經出版社。

康照祥（2006）。《新聞媒體採訪寫作 》。台北：風雲論壇有限公司。

楊志弘、莫季雍譯（1996）《傳播模式》。台北：正中書局。

陳萬達（2001）。《現代新聞編輯學》。台北：揚智文化公司。

聯合報編輯部。《聯合報編採手冊》。台北：聯合報編輯部。

聯合報編輯部。《聯合報編輯部地方新聞中心工作人員服務規則》。台北：聯合報。

Gieber, Walter (1964). News is What Newspaper make it, in Lewis A. Dexter & David Manning White (eds.), People, Society, and Mass Communication. N. Y.: Free Press.

Tunstall, Jeremy (1977)《The Media Are American》, N.Y.: Columbia University Press.

第四章　數位媒體工作與流程

陳萬達編寫

　　網路編輯是網際網路發展後所形成的另一種工作類型，其工作型態雖部分沿襲傳統平面編輯的工作內容，但卻也衍生出更多變化，本章的內容可以提供給時下加入網路工作的人，另一種發展與思考的空間。

　　網路編輯，廣義的來說，可指所有從事網頁更新與維護工作的人，包括個人網頁、個人網站、公司團體網站，甚至程式撰寫人員；狹義的說，則可縮小為網頁的文字與圖片處理人員，或從平面編輯的概念來加以衍生，專指在電子報內，從事文字與圖片處理的新聞工作人員。

第一節　網路編輯角色多樣化

　　從工作內容來說，網路編輯的工作類型是多樣化、沒有限制的。在個人網頁上，網路編輯可視為版主（Web Master），將一個網站從無到有架設起來，填入內容，使其運作，提供資料檢索查詢功能。

　　在大型的網站中，網路編輯的工作大致可區分為三種：1、文字與圖片處理人員；2、程式撰寫人員；3、網路管理人員。

　　隨著網站的屬性不同，所處理的內容（content）及工作型態都不同，例如在入口網站的編輯，工作內容主要在資料的整理與分類（前端）；在電子報的網站中，網路編輯的工作主要在新聞的處理於呈現（後端）。

　　除此之外，網路編輯的發展也相當寬廣，網路編輯可成為總經理，獨立對外與廠商洽談各種合作事宜，作各項的決策、監督與執行。在這樣的發展下，網路編輯也可以成為業務總監、企劃總監、行銷總監、創意總監或廣告代表，對外負責內容與合作的洽談。

　　網路編輯的工作也類似圖書館的館長，負責資料的蒐集、整理、分類與上架（Update），將各式各樣的資料，依不同的內容分類，設定關鍵字，以資料庫檢索軟體來套用，成為可供網友查詢的資料內容。

　　而在網路電子報中，網路編輯可成為新聞產製流程中的一員。凡從事實際撰寫工作的編輯，可發揮報社中主筆的角色；將資料製作成網頁的編輯，可扮演編輯的角色；從事新聞與資料蒐集撰寫工作的編輯，可從事網路記者的工作；將外電翻譯成為新聞稿的編輯，擔任編譯的工作；而從事版面設計與圖片影像處理的編輯，則是美編。從另一個角度來說，網路編輯專事有關美的設計與生產，是扮演藝術總監的工作。

　　由此可知，網路編輯是一種全新的工作型態與類型，具有挑戰性，且有無限發揮的空間。各種不同的工作，也適合不同屬性的人來參予，扮演著上、中、下游的角色。

　　網路編輯的角色說來自主性很高，但相對來說，卻也處處顯得綁手綁腳，在公司裡，需要更多的折衝與協調，以尋求與其他部門合作上的融洽，讓一個企劃案能平順的推展，否則，就必須由上到下，一手全包，事倍功半了。

　　對於個人而言，若個人的性向較為外放，適合挑戰與自我要求，則能在工作上尋找出路，不斷的嚐試新的工作，將所扮演的角色發揮到淋漓盡致，並挑戰不同的工作，而最終朝向經理人的角色發展。但若個人的性向較為保守，適合從事機械性、少變動的工作，則專供一項工作，深耕鑽營，也可以發揮一片天空，作一個專業的技術人員，換句話說，是「人人有機會，投入就有把握」。

　　目前的網際網路發展仍停留在技術層面，因此需要大量的網路製作技術人員，網路編輯在這個時間點可說是搶手貨。但長遠來說，在網路成為生活的一部份，網路經營的模式確定，網路生態與秩序被確定後，網路經營與管理的人才必定是主流。因為唯有經營與管理者從成本、獲利各方面加以考量，才能為公司帶來更多的利潤。因此，網路編輯發展的遠景，應由技術面逐步轉化為經營與管理面。

　　所以，除了具備基本的技術外，一個網路編輯應該多做市場的分析與觀察，培養對於網路市場的敏感度，適時參予網站的企劃、營運與轉型的工作，以發揮更大的功能，且藉由對於網站實際的操作，檢討出利弊得失，以作為管理的依據。

　　曾有美國的趨勢學者表示，未來人類的生活將多樣化，產業生命週期的循環將比現在更快，這意味著人類在其一生中將不只從事一種工作，培養第二專長是很重要的，一個人約十年就會換一種工作……，在面對網路如變形蟲的生態中，這個預言已提前來到，面對這樣的情勢，預作準備，學習各種適應技巧，是網路編輯的天職與宿命。

第二節　網路新聞編輯過程

一、整合稿件

　　在網路新聞中，將大量相關稿件結合在一起，我們可以稱之為「整合」。其含意是，通過某一個主題，將稿件集合在一起，以便於讀者全面深入地了解新聞事件及其影響。網路新聞的整合手段主要有兩種，即專題報導和通過搜尋提供與某一個主題有關的新聞。

（一）專題報導

　　傳統媒介中，稿件或報導的組織與搭配是十分重要的編輯技巧，這部分強調的是稿件或報導的群體優勢。在報紙上的稿件者要是通過兩種方式分別進行集合。一種是空間上的，即在版面上將有關聯的稿件放在一起，成為問題集中形成專題；另一種是時間上的延續，如採用連續報導或系列報導的方式，使對同一主題的事件報導通過時間的延續得以加強。而網路則可以將兩種手段綜合使用，使稿件的群體優勢得到有效的發揮，對於重大的新聞題材進行多層次、多角度的報導。

（二）搜尋功能

　　現在有很多網站設立有搜尋功能，不論是由入口網站或是一般新聞網站的資料檢索，都可以讓讀者採取主動的角度去搜尋資料。但是通過搜尋得到的新聞，往往由於來源過於複雜，形成一定的混亂。假如不加入任何人工干預，結果不但不能帶給讀者便利，反而可能增加他們的負擔。

二、增強互動性

網路編輯增強網路新聞的互動性，就可以更好地發揮受眾的能動性，並獲得即時的訊息反饋。新聞傳播要得到好的效果，就要改變過去的單向交流方式。網路傳播的技術給雙向的交流提供了可能，「雙向」在目前網站的實踐中至少有以下兩種含義：首先，受眾在接收訊息時該有更多自主權。其次，讀者與編輯之間或讀者與讀者之間，有更多的交流。

而讀者與編輯的互動，又有以下幾種方式：1、用 E-mail 接收讀者反饋，此方式可以收到很多來自讀者的意見；2、對於重要的新聞事件，用網路問卷的方式，調查讀者對這一事件的意見與想法；3、建立常規性的讀者問卷，了解近期讀者對報紙的意見、建議與需求；4、設立讀者論壇，讓讀者就某些議題進行討論，與問卷形式相比，這種方式可以直接讓讀者進行思考與意見的交鋒，具有更強的針對性；5、利用網路的互動技術，讓讀者與編輯或有關方面人士可以在網上進行直接對話。

三、表達編輯意圖與評價

閱讀印刷報紙成長起來的人們，已習慣了以這種方式來解讀編輯的用詞。但是，當人們轉於閱讀網頁時，卻會感覺有一種很大的不適應，那就是版面消失了隨之似乎版面語言也失去了。從網路傳播本身來說，它的一大特點就是給訊息的傳遞帶來了更大的自由，也給了受眾更多選擇他想得到的訊息的權利。

但是，事實上，完全交由讀者來做選擇是不經濟的。其次，從事新聞傳播的媒體網站應該還有輿論導向的作用。也就是說，網路新聞的編輯手段，應該有引導閱讀和表達意見的雙重功能。實現這

兩種功能，在傳統報紙上，是「版面語言」，在網頁中，則有一些新的形式。雖然傳統印刷報紙的反面語言在網頁上的使用受到很多限制，但是其中有一些規律還是可以繼續沿用的，而以下網路本身的特點，又提供了新的表達編輯傾向的方式。

（一）以時間來強化稿件的重要性

傳統印刷報紙的載體是紙張，它的所有文字及其他版面元素都在紙張的一定空間上進行，所以，版面語言主要是在空間這個舞台上進行展示的。而網路在提供新聞方面則打破了時間的界限。一個網站的新聞往往可以沒有某年某月某日第幾版的概念，因為網頁內容的該性不必像印刷報紙那樣整齊化一，有些內容可以幾小時更新一次甚至隨著事件發展即時更新，而有些內容則可以再網頁上存在幾天甚至更久。而這，正為網站的編輯表明自己對新聞事件的重視程度提供了行之有效的方法。

（二）利用網頁特點形成優勢

在版面語言中，形成版面優勢是一個很重要的概念，它指版面吸引讀者注意力的方式或能力。報紙的強勢與空間位置、空間大小、標題或正文的字體、大小、排列方式、色彩、線條、圖像以及稿件集合多種手段有關。在網頁中，版面優勢仍然是一個十分重要的概念，因為在網頁中，標題與內容是分離的。如果沒有一定技巧對讀者進行提示，讀者往往就只能是由標題的內容，是否吸引人為標準進行選擇，倘若標題與內容相偏離，就會對讀者產生誤導。在網頁中，文章的標題文字對形成優勢也有較大影響，因為當讀者看不到正文時，它只能通過標題文字是否能引起他的興趣來做初步判

斷。這時，放在印刷報紙上不起眼的新聞可能由於標題做的好，而在網頁上顯得搶眼。因此，網路新聞編輯應該特別注意這一新動向，提高標題的生動性、準確性，並使標題能恰當體現內容的重要程度。

（三）給予不同的新聞，在不同的頁面層次上閱覽

網站是由很多網頁組成的，網頁間存在著一定的層次結構。一些頁面會先被讀到，而另一些頁面則只能較晚出現。主頁是第一個被訪問的頁面，所以一般新聞網站都在主頁上設立「重要新聞」一樣，給予重要新聞最早被讀者適用的特權—這正如在報紙的頭版上安排最重要稿件，而其他新聞則被安排為某個醒目的重要新聞或是一般性新聞，這樣，讀者就能從這種閱讀順序中體會到稿件的重要與否。

（四）用稿件整合形成優勢，表達編輯的意圖

在傳統報紙上，稿件的集合不但可以形成版面上的優勢，還可以產生「1＋1＞2」的群聚效果，因為這樣可以更好地展現了稿件之間的彼此互動。在網頁上，稿件集合處理，仍然是形成群體優勢的一個有效的方式，它的作用，不僅可以更好地提高資訊服務的質量，還可以增加某些稿件的吸引力，使人們對此給以更多關注。

（五）通過對讀者來稿的取捨，形成輿論導向

在網路中，輿論可以通過讀者自己的討論來加以形成，但在這其中編輯仍然要對其輿論發展方向，有很大的引導關係。而其中一個重要的方式，就是對自發來稿的取捨。一般而言，一個網站只把一部分讀者發來的 E-mail 會登上網，這些稿件的內容大部分是恰當的，也與編輯部意見相吻合，但編輯也會刊登少量反面意見，以

便引起更全面廣泛的思所與討論，這樣不但可以衝高點閱率，更可以形成話題，強化自己網站的形象。

第三節　網路資訊質與量的提升

一、為新聞提供更多的背景資料

在傳統媒體特別是報紙的編輯理論中，十分強調背景資料的作用，它可以為讀者釋疑解惑，開闊他們的視野，加深他們對新聞事件的理解。但是，傳統媒體的資源，如報紙、雜誌的版面，廣播、電視的播出時間，本來就十分有限，如果再加上背景資料有時實在也力有未逮。但網路傳播卻擁有無限版面與空間的優勢，容量不再成為一種限制的因素。所以，網路編輯應儘可能多多利用這一優勢。

網路新聞附加背景資料可以有兩種方式，一種是在配合新聞，同時匯集相關新聞，以便讀者進一步了解，另一種是利用「超連結」功能，對文章中出現的一些關鍵字，建立與有關訊息的聯繫。超連結方式是網路的一種特有產物，也是網路得以普及應用的一個功臣，它使得網路上訊息之間的聯繫更為活絡。

但超連結方式它也改變了人們傳統的線性的閱讀方式，人們的閱讀過程不再簡單的從上到下，從左到右，封閉地完成閱讀行為，而是有可能在任何地方被超連結出去，到另一個站點，而在這個新的站點，又可能會有引起讀者興奮的關鍵字，這些關鍵字同樣還有超連結，如此下去，讀者的閱讀行為離他的既定目標便會愈來愈遠。

　　超連結的出現，本來是為了加強資訊之間的聯繫，提高資訊的利用率。但是，在運作中我們也發現其實超連結有其長處，但也有其一定的缺點，那就是它干擾了正常的閱讀過程，使讀者耗盡大量時間去漫遊既定目標之外的世界，這樣的結果不僅浪費讀者時間，也資訊以一種非正常方式被消耗，因此，它往往沒有得到提高資訊利用率的目的，反而造成資訊的過載或浪費。

　　因此，也有一些網站採用一種封閉式的做法，即在文章中不時出現用下滑標線標明的超連結關鍵字。打開超連結，出現的是一個簡單的頁面，它顯示的是網站資料庫中有關的資料。這個頁面是封閉的，讀完後，讀者必須要回到前一頁，也就是剛才中斷閱讀的地方再繼續閱讀下去。這樣就可以保證讀者的閱讀線路是比較穩定的，但這些網站的資料庫中的資料一般還比較單薄。因此，不論封閉的方式或是開放的方式，都有自己的優缺點，如何能更有效地讓讀者或得自己需要的背景資料，應該是視實際情況靈活解決。

二、建立具有特色的資料庫

　　廣播電視這兩個媒體具有轉瞬即逝的弱點，因此，受眾想要查已經播出的內容，是一件非常困難的事。而報紙一天的版面只能提供當天的訊息，如果要查詢以前的報紙，常常要在舊報紙堆中爬上爬下，其效率可想而知，而且對於大多數讀者來說，要完整保存所有報紙，也是一件十分困難的事。但是網路卻可以輕而易舉地解決資訊的保存與查詢的問題。對於新聞網站來說，將新聞做成資料庫，是網站必做的功課之一。國內舉凡聯合新聞網、中時電子報等新聞網站，現階段都已提供線上資料庫的檢索功能，對於讀者的使用及新聞資訊的搜尋有很大的幫助。

三、強化圖像與其他多媒體工具

（一）善用圖像表現

香港《蘋果日報》來台發行之後，讓傳統報紙進入了「讀圖時代」，可是當報紙才開始大量運用視覺方式進行新聞報導時，在網路上卻面臨使用圖片帶來的麻煩。由於圖片文件的體積往往很大，而現有的網路上最主要的困難之一就是頻寬擁擠，所以傳輸圖片成了一件很麻煩的事。但是，如果網頁上沒有任何圖片，難免會顯得單調無趣，更何況對於新聞性網站來說，圖片本身就是極具表現力與說服力的。所以，網頁仍應適度運用高品質的照片，目前這個問題，由於寬頻時代的來臨，已經獲得了解決。

（二）將多媒體呈現做有機結合

多媒體化是網路新聞的一種特殊表現形式，這是其他媒體所不能望其項背的。但是，如何才能將多媒體手段進行有機結合，以提高新聞傳播的效率與質量，則是一個嶄新的課題。所以當我們在運用多媒體方式時，應該注意：

首先，多媒體是手段而不是目的。有些網站把多媒體作為一種理所當然的要件，只是為了多媒體而多媒體，根本不問其效果和，結果造成多數影像、聲音新聞只能聊備一格，根本無人問津的窘境。

（三）多媒體手段應與新聞內容相輔相成

有些網站的新聞縱使具有影像、聲音，但看看它的新聞，都是屬於一些靜態的內容，根本不需要用多媒體形式表現。相反的，一些非常需要影像和聲音配合的新聞內容，卻沒有配上這方面的手段，反而讓人啼笑皆非。

第四節　電子報的企劃與製作

一、版面的圖像處理

無論是傳統的報紙或是電子報，其版面的處理和設計都是相當重要的。如何設計出一塊賞心悅目又能夠便於閱讀的版面，的確是需要一些經驗、技術與巧思的，不過，如果能在版面上注意一些重點，那麼，一個好的版面規劃起來，應該就不會那麼困難。我們還是把焦點放在版面的四大要素——「題、文、圖、表」來分析，有人表示，版面上面的留白也是很重要的，的確，適當的留白有助於版面的呼吸及閱讀的舒適，我們也會一併來討論。

（一）撰寫順口易讀的標題

其實，標題的好壞純屬自由心證，但正確卻是絕對的標準。因此，如果是生手編輯，千萬別找自己麻煩，當然，更不必眼高手低，將新聞內容的精髓找出，製作成順口易讀而且正確無誤的標題即可。當然作為一個編輯應精益求精，好還要更好，但具有導讀與美化作用的標題，會是編輯搶分的一大重要因素。

（二）文字與版面的關係

網路新聞的短、小、輕、薄已成趨勢，但有些專題或分析、評論的文字還是會有一、兩千字的，將長文章以標題的方式來分段處理，不但可以使文字的精華重點不斷露出，也可以使版面不致單調。其次，塊狀呈現是目前中西報紙的趨勢，以區塊方式處理，在版面的呈現上也較乾淨俐落。同時，如果將長文章以區塊的方式處理的話，讀者在閱讀上也較有重心，因此，將文字形成區塊，是版面上較討好的一種方式。

（三）圖像的地位不亞於文字

編輯在處理新聞時，如何能將標題做得活潑傳神？腦中有畫面則是不二法門。例如處理警方緝捕要犯的新聞，藉由文字的描述，如果編輯能在腦中有如電影情節一般的畫面，如警方如何喬裝盯梢、如何佈置制高點、如何集結警力、如何埋伏跟監、霹靂小組如何攻堅、雙方如何槍戰，這一連串的畫面如果在編輯腦中，一定能夠規劃出好的版面，標題必然生動精彩。以圖像思考為重心的編輯，有計劃的引領讀者沿著版面上令人注目的照片、標題、圖表、顏色等要素，賞心悅目的進入版面中的新聞世界，使讀者有條理、有次序、有層次的透過美術設計，將新聞依重要性、依節奏，使資訊在網站頁面上一目了然的展現。

二、電子報新聞採訪流程

晨間採訪會議由總編輯主持，新聞中心主管、採訪中心主管或相關記者參與。與會人員根據記者前一天晚間發出之次日採訪稿

單，以及當日中央社新聞事件預告單，或當日各大日報共同討論當日採訪計畫。各線記者於採訪會議後依任務指派或依各主跑路線出發採訪。

記者每天上午、下午各至少發若干則新聞傳回電子報新聞中心。記者以配置之筆記電腦、手機將新聞稿傳回電子報新聞中心或編輯台。第一次審稿者為各採訪中心主管或新聞中心總監、副總監。之後交給副總編輯和總編輯第二次審稿。審稿核可後：（1）可發電子報即時新聞；（2）逐入相關電子報新聞資料庫；（3）由值班文編處理上電子報首頁版面（搭配其他新聞、調度或是新聞排序，同時再做最後一次審稿）

副總編輯、新聞中心總監、副總監，可視狀況（1）機動調度採訪記者，指示採訪重點，並且（2）通知值班之電子報主編，共同合作計畫製作與呈現重大新聞事件（如新聞報導、特稿、分析稿、照片、多媒體影音等，形成立體火網）。

記者晚間下班時，若沒有特別需要，不需要回辦公室。但是需要用電子郵件方式報次日採訪稿單，給總編輯、副總編輯、新聞中心總監、副總監。

一般來說，採訪單位會在特周擇定一天，請各線記者回辦公室，與所有新聞中心同仁開編輯部會議。

綜合而言，電子報的完整作業流程是：新聞專區企劃書經總編輯同意後，必須開始協調以下工作：

(一) 版面製作──由數位技術中心協助製作版面（有時是提案編輯自行製作、有時是由執行主編支援）

(二) 轉檔程式撰寫──由技術中心程式設計師撰寫轉檔程式；

(三) 上傳（up-load）作業──與系統部門人員協調上傳作業中新聞專輯區的新增檔案、以及防火牆外主機的空間；

思考問題：

1. 電子報的編輯在執行工作時，應該有哪些自我要求？
2. 新聞的整個與互動，可以由哪些途經完成？

實作作業

1. 請試擬一份電子報的內容規劃書，其中應包含主要的欄目、新聞的分類和圖文的比例。

參考書目：

網路新聞學　陳萬達　衛仕曼文化　2007

第五章　版面結構與規劃

陳萬達編寫

　　一份完整的報紙，充實的內容當然是贏得讀者信賴的不二法門，這是所有在媒體工作的記者們戮力以赴的天職，我們常看到在戰場上的軍事記者，他們衝鋒陷陣的採訪精神，與在火線上作戰的軍人比起毫不遜色，而如何將這些經過千辛萬苦得來的內容，能夠有系統的，有規劃的，有層次的呈現給讀者，則是編輯檯的編輯們責無旁貸的使命。但是由於電腦組版的方便性與機動性，往往也會給予讀者一種文勝於質的感覺，也就是說，是不是編輯們已經把太多的注意力放在版型的美觀，而不再關注在新聞的本質上。Garcia（1987）針對這個疑問提出他的看法，為了要完美呈現報紙的版面，現在的編輯人員在處理版面時，應注意到這幾個面向：

一、新聞處理重於美術設計

　　一個版面不論如何的精緻、美觀，但如果內容乏善可陳，終究是不會受到讀者的青睞的，而且編輯精心處理版面的目的，也不只是為了美觀而已，如果只是把新聞編輯的定位，聚焦在版面的化妝師，那麼對於新聞編輯的認識，的確需要再加強。因此，如何將資訊轉化成讀者可以認知的語言，有步驟的傳遞給閱聽大眾，這是新聞編輯的主要職責，在主要目標確立之後，版面的美術設計只是遂行這個目的的手段而已。因此，不論用那一種角度去處理版面，新聞至上的原則是絕對顛撲不破的。

二、細心的經營與組織版面

確立了新聞處理原則之後，對於版面的經營與對版面的規劃，就成為新聞編輯接下來努力的目標了。我們可以分兩方面來談版面的經營與版面的組織，版面與讀者之間互動關係的維繫，讀者因為天天在看報紙，所以報面的任何異動，說老實話，讀者不一定會不如編輯，而如何經營新聞與版面，讓讀者認同報社的立場，支持編輯的處理，身為媒體與讀者接觸的第一線，自當隨時惕厲自己，在新聞認知上能跟得上社會的脈動與民意的主流。

三、選擇正確的視覺導引

在版面構成上，編輯除了要組成之外，如何在視覺導引及視覺效果上，求得一個最佳的結果，這是編輯要努力的。在視覺導引方面，在頭題，二題的安排，橫題與直題的鋪陳，圖片與文字的結合，這些都關係了一點：讀者在閱讀的時候，會不會吃力，或是說，在閱讀的順序上，是否達到編輯所設計的效果？如果讀者找不到編輯希望他能很快看到的新聞，那麼，這是一個失敗的版面，同樣的，如果整個版面嘈雜、充滿了噪音，讓讀者無法專心愉悅的看新聞，那麼，這也是一個失敗的編輯。

四、增強易讀性

編輯在看新聞稿的時候，就在進行改稿的動作，目的是要讓所有的新聞稿，都能夠在文理通順，文字通暢的情況下登上報紙。記者在撰寫新聞稿的時候，往往限於截稿時間

第一節　版面的四大要素

談到版面的構成，最重要的的四大要素就是標題、文字、圖片、表格。簡而言之，在一個中所有視覺元素的焦點，就是題、文、圖、表。

一、標題

此四種基本視覺要素如何結合呢？在標題中，標題具有提示新聞焦點的功能，能引發讀者興趣，展現媒體獨特的風格，同時也可以美化版面。由此，標題在版面的構成要件中，佔有相當重要的地位。

進一步來說，標題不僅是文字的敘述、新聞重點的傳達，也對版面美化有相當大的影響。換句話說，若在版面設計上，如果完全堆以文字，而沒有標題的話，所造成的影響有：第一，版面呈現勢必雜亂無章，沒有辦法引起讀者的注意，也沒有辦法讓讀者很快地找到所需要的新聞。第二，從美觀上來看，在整片字海中，何處是重點？何處該凸顯？哪裡是需要強化的地方？自然無法顯現出來，另外，也容易在閱讀上易帶給讀者壓力。所以，標題的重要性位居第一。

除此之外，編輯在標題的形式表現與使用上更是一門藝術。事實上，編輯處理新聞的工作，僅是一門粗糙的藝術，與一般精緻藝術不同。偉大的畫家米開郎基羅、偉大的音樂家貝多芬，可以窮其一生之心血，完成不朽的藝術作品。可是，對一個編輯來說，必須在每天有限的時間中，完成被交付的任務，無法如同藝術家般恣意地盡情揮灑、精雕細琢。且編輯期間所經歷的變數都相當大，因此，每一位編輯都必須在工作中與時間賽跑，務必在有限的時間內，做出最完美的呈現。因此，對一個編輯來說，標題是一門比較粗糙，

而不精緻的藝術。不過,在標題的型式,與文字的美化方面,不可否認的,卻仍是藝術中不可或缺的內涵。

二、文字

文字是所有新聞的本體,也是一個版面上絕對不可或缺的基本單位,但是,如果一個版面上布滿文字,它的缺點第一是新聞無法提綱挈領,第二是無法支持版面核心,第三為所組成的版面會顯得沒有層次感,也就造成讀者閱讀上很大的障礙與不便。因此,編輯在版面的處理上,應儘量避免大片文字呈現的情況發生。

不過,話說回來,文字畢竟是新聞的本體,若沒有文字,可能就變成畫報,沒有太多新聞性。

三、圖片

版面第三個組成的要件是圖片,此處所指的圖片泛指新聞照片和繪圖或插畫。圖片在版面的功能再獲肯定,應從美國 USA Today 採圖像式編輯說起,此舉成功攫取讀者目光的焦點,也將傳統以文字為主的編輯方式推向另一新紀元,我們可以說圖像時代已經正式來臨。

在過去是閱讀時代,現在則是閱圖時代。1982 年美國的《USA Today》以圖片為導向的編輯方式成功獲得讀者認同,曾造成很大的轟動。根據統計,《USA Today》所呈現的彩色照片,是其他報紙的兩倍,黑白照片也是其他報紙的兩到三倍,《USA Today》並採用大版面的全國氣象圖。這些都是形成讀者易於閱讀,樂於閱讀的重要因素。從實務的角度來看,一張好的圖片,勝過千言萬語,從普立茲新聞攝影展的佳作中可以發現,許許多多的得獎作品,每

一幅傳神的畫面都訴說著一則新聞，有新聞的內涵，也同時呈現新聞的畫面，栩栩如生的展現出臨場感來。

四、表格

四大要素的最後一項是表格。表格的重要性在於能夠清楚，明快地讓讀者了解文內所要傳達的涵意。表格多用於財經新聞，及需要有數字觀念的新聞中。這樣的新聞，若以文字來敘述，可能會洋洋灑灑，細細瑣瑣，讀者看完整則新聞，仍然不明白各數字間的差異，但若將這些數字製作成為表格，差別就能輕易的比較出來。例如統籌分配款的新聞，若是製作成為表格，讀者便能很快了解統籌分配款，中央所佔的比例是多少，地方所佔的比例是多少，也可以比較出今年的預算和去年的預算有哪些差別。這都是圖表的功能，是文字敘述所無法傳達的。換言之，具有比較效果的表格設計加上美術與色彩相調和，所形塑的影像與概念就能很清晰地印在讀者的腦海中。

新聞數字化，數字圖表化，正是新一代報紙版面所努力的目標。因此，一個資料蒐集完整與構想用心的表格設計，對於新聞的呈現有很大的正面意義。

第二節　版面的結構性

Garcia 曾於 1987 年提出好的編輯與設計的一些秘訣，與版面的結構性有許多的關係。Garcia 指出的有：1、建立文字與空白之間的關係，協助區隔新聞項目。2、呈現出實用性的標題。3、運用整合編輯的概念。4、將長文打斷成數個短文，或是區塊。

　　從上述的整體性概念回歸到版面的結構性,在版面結構性上所包含的版面規劃,包括字高,走文,每欄字數,字的級數變化等。

　　在版面設計的結構性上,版面的組成可說有輕有重,有層次性,在各個版面之間需形成一致性的版律,也需塑造出視覺的焦點。從另一個角度來看,在版面的結構性上,大版注重「均」,小版注重「勻」。「均」所強調的是均衡,所有題、文、圖、表的分布都要平均,特別是題、圖的分布應注重均衡,讓整個版面看起來是平衡的,不會因偏重於某一部分,而造成失衡的狀況。小版重「勻」,因為小版只有半個版的空間,題的分布與圖的配置必須注重到勻稱,換句話說,因為在小版上沒有較大的腹地可供標題迴旋,所以在結構性上應注重勻稱,使版面緊湊。

　　由版面的結構性分析,在一個版面上,題佔多少位置,圖佔多少位置,而文又分配多少位置,表格有多少,四者互動之間,編輯應注意如何取得一致性和結構性,使得編者的意念躍然版上,產生讓讀者跟隨的效用。換句話說,藉由視覺引導與視覺焦點凝聚來達到導讀的效果。如此,讀者可以很容易,很輕鬆地進入編輯所要強化,引領的境界。

　　從另一方面來講,版面就是編輯意志的遂行,在遵循新聞處理原則下,編輯應思索如何讓整個新聞搭配的圖片能有次序,有層次,有重點地凸顯在版面之上。

　　根據統計,一個讀者在瀏覽版面時,眼光停滯的時間不超過十五秒鐘,在此短暫的時間裡,讀者如何能找到所要的東西,這就是編輯所要遂行的意志。如何在很短的時間中抓住讀者的目光焦點,吸引其注意,從而影響到讀者閱讀的行動,這是編輯工作中相當重要的一環。由此,歸納版面結構的重要性,若能妥為運用這些原理,使得版面處理得當,便能很快吸引讀者的注意。

第三節　版面的細部規劃

版面的細部規劃可分為欄高的調整，文與文間的區隔調整，運用走文、盤文的方式達到版面變化的功能，或於特定的邊欄或專論文章加框處理，增加其重要性等。

一、區塊的概念

談到版面的細部規劃，就必須注意到區塊的概念。在過去欄（或稱批）是版面組成的基本單位，每一報紙「欄」的字數不盡相同，一般來說，編輯在版面上以欄作為文與文之間的間隔。基本上，每一份報紙的每欄字數及每個版面的基本欄數是固定的，這樣的安排相當程度顯示報社的內在精神與版面變化的基調，也因為這種版律觀念，才能讓編輯在文字處理，標題擺設與圖片規劃上有所依據。

在欄的基礎下，為求版面的活潑變化，區隔不同的文章，或為避免傳統的禁忌（如斷版），並有利於傳統的鉛字排版撿排，現代的自動排版處理上編輯抓取文稿便利，即會針對欄再做欄位（每行字數）的變化，如此做法，另一目的也為方便閱讀。

但在現代報紙的版面規劃上，為了讓讀者可以方便的找到自己要看的新聞，因此都採用塊狀的版面組成模式，透過不同文章不同的區塊變化，讀者就可以輕易的分辨文與文的區別，因此，在版面文字的處理上，可以區塊的變化來活潑整個版面。

二、如何規劃完美的版面

完美的報紙版面設計，是混合了文字與其他各種視覺的要素：字體、照片、色彩、圖表、以及留白。這些要素完美的整合，可以更吸引讀者的目光、並且更快速地傳遞資訊。

版面設計大師 Garcia 認為，多年前，「設計」不是一個編報時會出現在腦海的字眼，那時，只有「化粧（makeup）」——描述文字、與新聞照片的排列過程。近年來，報紙讀者受到電視、以及雜誌、還有《USA Today》的影響，對於報紙應如何呈現新聞的品味與要求也被提升了。

Garcia 強調，為了要完美呈現報紙的版面，現在的編輯人員應該注意：

1. 新聞仍然應在美術設計之上。

讀者之所以看報，究竟還是為了尋求資訊。圖表、色彩、照片等視覺要素，其目的應是為了方便讀者了解新聞、快速擷取資訊。因此，一個好的版面設計人，應該妥善運用：標題、文字、照片、圖表、地圖、以及精緻的「新聞速覽」或是摘要。好的設計不代表應該犧牲新聞，好的設計呈現新聞時，是實際、有條理、而且視覺上享受的。

2. 版面的結構。

好的設計意味著讓讀者在每一版、每一頁都能有清爽的閱讀空間，因此在每一頁版面的空間設計，都應當細心的經營與架構。

3. 選擇正確的視覺說明。

可用於搭配新聞的視覺要素，不一定是新聞照片，也可以是插圖、或是圖表。好的版面設計人應該知道什麼新聞、什麼時候應該用何種的視覺說明，以增加資訊、或是解釋複雜的新聞事件。

4. 易讀性。

再好的版面設計，如果只會造成讀報時的困難，那也毫無意義。好的設計，不應在版面上，留下閱報障礙，因此，設計人員應

該要妥善運用：標題尺寸與位置、字距、行距、甚至是新奇的字型與小插標，都可以用來增加版面的易讀。

5. 吸引「報紙掃描者」時，注意要留住忠誠讀者。

報紙的讀者可以分成兩大類：一種是資訊饑渴者——他們詳細、縝密地閱讀報紙，幾近貪婪地掠奪頁面中可以獲得的每一筆資料；另外一種，則是「掃描者」——他們毫無耐心，眼睛注目報紙各版新聞的速度，就像他們看電視時轉臺一般。編輯人員的職責，就在於同時吸引與滿足這兩類讀者的需要。版面裡可以運用的：標題、副標、摘述當事人的說法、圖表、插圖、照片、地圖等，都是「資訊饑渴者」不會放過的，但同時，「掃描者」也一樣渴望編輯人員將複雜煩瑣的新聞事件，濃縮成重點、圖表，這種讀者遇到長篇累牘的文章，經常是直接跳過不看。簡單的說，報紙唯有成為讀者願意看時，才是有價值的。

6. 驚喜。

成功的版面是可以把讀者眼光「停滯」在某一處的，並且給讀者一個驚喜——這也最具有影響力。讀報，對許多人而言，一如刷牙、喝水，可謂是日常例行之事，因此若當版面上三不五時出現個小驚喜，比方說；照片突然變大了、新穎的字型、戲劇化地使用色彩、一再出現的新聞卻使用新鮮的手法呈現⋯⋯等，都可以讓讀者在閱報時，獲得樂趣。

7. 規範與道德。

新聞工作重視的道德與規範，一樣適用於成功的版面設計條件中，例如；資訊的正確無誤、在選擇照片與圖示說明時的判斷與調和、以及必免落入刻板印象的窠臼與低級品味。

在 Mario Garcia 的《當代編輯》一書中提到，在 1947 年時 John Allen 曾預測，到西元 2000 年時，報紙的編排將會形成以下四種風格：

1. 每頁的欄數會較少，但欄位較寬。
2. 頭版將會提供讀者快捷方便的新聞總覽，以此點出重要的新聞，或是焦點的欄目。
3. 版面上會有較多也較好看的圖片。
4. 版面上會呈現較多及較好的色彩。

果然，John Allen 真是個洞燭機先的人，他在半世紀之前就已經看出了這樣的趨勢，而且在今天，也被應驗成真。同時，廿一世紀的報紙版面，由於大量使用圖片的影響，使得「文字與圖片混合」觀念的重要性與日俱增。文字（或稱資訊 information）與圖像（graphic）已成為現代報紙編輯的兩大重要元素。

第四節　版面錯誤與檢查的實務

一、版面常見的錯誤

在版面的錯誤和檢查上，實務上常把版面的錯誤歸類為幾大部分，第一為題與文內容不相符合，即題文不符。這種情況在編輯的拼版過程中為經常發生之錯誤，尤其是在報社改採電腦排版後。

第二種錯誤情況發生在分稿原則上。比方說，在一個版面上重複使用兩則同樣的稿子，或在不同的版面上使用同一則稿子，這與前述的題文不符都是一體的兩面。

第三種常見的錯誤，在標題處理上，即對於新聞的要素人、事、時、地、物等的標註有錯誤。比如說，把人名弄錯，把時間弄錯，

把地點弄錯，這些情況都屬於重大的錯誤。此外，易於發生的錯誤為重大的錯別字，其情況包括文法的引用錯誤，誤用成語，或同音異字，或是同形異字等。再來是照片說明指示的錯誤。比方說，照片的右一是某人，右二是某人，而編輯在標註上產生顛倒或錯誤。

　　除了標題與照片的錯誤，還有文字的錯誤。編輯在組版的過程中進行文字的刪改，若刪改不當，在不該結束的地方結束，就沒有辦法形成完整的句型；或是在接續文稿時把文稿接錯了，而導致前言不對後語的情況。再來是報眉的錯誤，如日期、報名或版序的錯誤。

　　以上所述都是在報紙編輯過程中較為重大的錯誤。另外，在檢查版面的同時，需檢視新聞的配置有沒有符合歸併的原則，有沒有符合集體處理的原則。這些都是在版面的處理上要注意的部分。

　　除此之外，譯名的問題也要注意，比如說，印尼總統蘇哈托，在報紙的其他版面提到這幾個字，或不同的時間中處理此一人名時，譯名的部分是否有一致性此種問題在國際新聞版面上特別容易發現。由此，因進行翻譯的編譯人員不同，可能造成對同一人名譯音的不同，在報社中對於所有的譯名，必須統一。

二、檢視大樣的技巧

　　當一個編輯在組版完畢，出「大樣」的時候，在檢視版面過程依次如下，第一，看大樣時，應遵循由上到下，由右到左（或由左到右）的原則。若是直排，則由右至左，若是橫排，則由左至右，依序檢查新聞內容的正確與否。

1. 由上到下

　　在看大樣時，首先看到的是報眉，其中的年、月、日，包括星期等數字有沒有錯誤，版名有沒有錯誤，版序有沒有錯誤。其次，

從頭題開始，根據前述的版面易錯的內容來檢查，包括人名有無錯誤，數字有無錯誤，地點有無錯誤，時間有無錯誤，這些都是經常發生錯誤的內容。

2.題文相符

因此，在「清樣」的檢查上，特別要針對上述的部分再加以檢查，仔細看清楚。若在檢查的過程中發現錯誤，必須把標題或文字勾勒出來，把正確的文字寫上去。同時，在看標題的時候，也必須同時快速的閱覽和校正內文，檢查與標題內容是否相符。換句話說，標題的人、事、時、地、物，必須與內文的人、事、時、地、物相符。如有不符，必須加以清查，何者為真，何者為誤，並加以修正。如此，對於標題與內文是否發生題文不符的狀況，很快就能檢查出來。

3.注意刪稿

在內文的部分，必須確認在每一段落的結尾，都是圈點，且語意完整。這可以避免在不當刪稿時所發生的錯誤。在圖片的校對上，必須注意照片中所呈現的人、物，在圖說的指示所標註的位置及名稱是否與該人相符。若不符合，必須立刻加以修正。此外，必須檢查圖表和相關新聞的配合是否恰當。如此，依循由上到下，由右至左的原則逐步檢查。檢查過程中，隨時針對有問題的部分加註記號，以免有遺珠之憾。

4.清樣也別大意

當看完大樣，修正完所有的錯誤後，應該再看一遍清樣。在看清樣的時候，第一要仔細核對大樣改過的部分，於清樣上是否已修訂正確。第二，必須在清樣上檢查其他的標題與內文。由於在電腦

組版過程中，隨時會有難以預料的 bug（程式編碼或邏輯上的瑕疵）出現，以致於在重新輸出時發生錯誤，或在版面調整時影響到其他篇文章。因此，在清樣的檢查上，仍需遵循由上到下，由右至左的原則仔細加以檢視。

　　若經檢查文字並沒有重疊，圖像亦沒有重疊等清樣檢查程序後，就可以降版，並進行後續的印刷作業。

思考問題

1. 編輯在處理新聞版面時應注意那幾個面向？在這些要項中，彼此的關連性又是如何？
2. 構成版面的四大因素是什麼？這四者在版面的結構中各具於什麼樣的位置？
3. 請敘欄在版面的細部規劃中，扮演了什麼樣的角色？
4. 版面上常見的錯誤有那些？並請說明檢視大樣的技巧。

實作作業

1. 請同學任選一報的兩個不同版面，分析兩版的基本版面結構及版面設計的異同、特色。

參考書目

陳萬達（2001）。《現代新聞編輯學》。揚智文化出版。

第六章　標題製作

吳美慧編寫

第一節　標題的功能

　　打開報紙、雜誌、閱讀網路新聞或是電視新聞，第一個映入眼簾的就是字體大大的「標題」，也是吸引閱聽眾有興趣繼續閱讀或收看訊息的起點。如果把報紙比喻成是人的臉，標題就是臉上的眼睛，眼睛炯炯有神，才會吸引讀者的視線、喚起讀者的注意。

　　「標題」是報紙的眼睛，是一種綜合的「藝術」，短短的幾個字把新聞的重點提示出來，同時也利用標題字體的大小、排列，讓版面呈現不一樣的風貌。

　　過去，在新聞編輯中提到的標題，往往針對報紙，但以現今媒體多元化來看，標題在不同媒體上呈現的要求不同。不論在何種媒體上，標題總是扮演提示重點的角色，但也會因為不同的媒體對標題有不同的要求。

　　譬如在報紙上，標題需扮演美化版面的角色；在雜誌上，標題擔任兩種功能，一是當期雜誌封面的賣點，大多數的雜誌都是利用顯著的標題，吸引讀者購買。此外，在內文中的功能，必須吸引讀者閱讀該篇文章。在網路上，大部分是利用一行標題來吸引網路族繼續閱讀新聞的興趣，如何把這一行標題做得有吸引力，格外重要。而在電視媒體上，跑馬燈或是新聞節目中大大的標題，為的都是吸引讀者的興趣。

綜合而言，標題具有以下幾種功能：

一、提示新聞內容

新聞標題是以最簡潔的文字將新聞中最重要的內容提示給讀者。

翻開報紙，密密麻麻一堆文字，新聞裡面報導什麼？從最簡單的兩個版到數百個版，在沒有充裕的時間下，讀者要如何從這麼多訊息中找到適合自己的資訊，此時新聞標題就扮演「搜尋」的功能，讀者借著翻閱標題的方式，快速找到需要的資訊來閱讀。

所以，美國學者把標題稱之為「導言的導言」（The lead of lead），指的是標題就是濃縮的導言，把新聞內容精華呈現在標題上，讀者只要看到標題導言，就可掌握至少八成的訊息內容。

此外，新聞標題對會詳讀新聞內容的讀者提供了新聞要點，讓他們獲得先睹為快的滿足感；對工作繁忙無法詳讀新聞的讀者來說，標題即是新聞本身，利用瀏覽標題，獲取國內、外重要的新聞訊息。所以提示越清楚的標題，讀者可以更快速的掌握到訊息精髓，在最短的時間內得到最多的資訊，標題更需要簡明扼要，才可以滿足現今資訊爆炸的時代。

儘管利用標題來瞭解新聞的方式極其簡單，但讀者卻藉此知道了他所需要的資訊。所以，許多讀者在閱讀報紙過程中所獲得的資訊，不少是從新聞標題中知其大概的。

根據統計，讀者看報有七成以上只瀏覽標題；在全文閱讀中，又有三成的讀者是因為標題好，才繼續被吸引下去看內文。所以好的標題是讀者的「嚮導」同時也為讀者提供「訊息」。

二、吸引讀者閱讀

　　製作標題，不僅是要透過標題向讀者提示事實，同時要善用生動優美的形式去吸引讀者閱讀新聞。固然新聞內容是否重要、新鮮是吸引讀者閱讀的關鍵，但也不可忽略標題是否夠清楚或是優美，才能在眾多的新聞中，吸引讀者目光，進而閱讀。所以具體的內容比抽象概括的吸引力更強些；文字簡潔、通俗好懂的標題，比複雜、艱澀的吸引力要強些；具廣泛興趣比專業性強的吸引力強些。

　　報界有「三步五秒」的說法，是說讀者到報攤或是便利商店購買報紙時，要選擇哪一種報紙？考慮的時間只有在走動的三步之間、五秒之內，利用瞥一眼的時間，觀察眾多報紙中可以吸引興趣的報紙，所以被稱之為「眼睛」的標題，格外重要，同時還肩負報紙或是雜誌銷售好壞的任務。

　　當然，要吸引讀者的「眼球」，標題要能夠吸引人，甚至是利用聳動的語詞，吸引讀者目光，進而有興趣看新聞的內文。

三、美化版面

　　標題除了具有提示新聞重點作用外，還要能把內容相近的稿件組織在一起，使版面變得有秩序，進而美化報紙版面的功能。

　　試想，報紙或是雜誌沒有了標題，純粹用文字堆砌出來，讀者不僅無法找到訊息的重點，甚至無從閱讀。所以稿件利用標題形成區塊，各稿子間的分界就一目了然，然後將不同的區塊利用合理的佈局、錯落有致的排列，組合成一個版面，這樣的版面會因為標題字體大小、字形不同、區塊的大小不同，形成活潑、容易閱讀的版面。

四、表現風格

各媒體為凸顯特色，在版面中標題的編排、變化樹立出屬於自己的風格，讓讀者可以在最短的時間內，透過標題清楚知道這是哪一份報紙。

譬如《中國時報》各個版面的標題，幾乎只有主標，而沒有副標或引題陪襯，與過去傳統的下標題方式不同，但也樹立該報的特色，一看到這樣的標題，如同看到《中國時報》。

此外，部分報紙會在不同的版落上，使用固定的字體與級數，讓讀者可以利用標題的特色，快速找到自己想要閱讀的版面，為不同的版落樹立特色。

第二節　如何製作標題

一、標題製作法則

（一）準確

標題首先要求的是「準確」，能夠忠實的呈現與傳達資訊內容，同時要「題文一致」，這是製作標題時最起碼的要求，絕對不能出現標題與內文各彈各的調。譬如：「新壽標售聯勤信義總部土地，預計獲利 13.5 億元」，但新聞內容卻寫著「新壽標購聯勤信義總部土地，預計獲利 13.5 億元……」，一個是「標售」、一個是「標購」，一是賣、一是買，兩者間有極大的差異。這則新聞的標題與內容南轅北轍，事後雖證明是內文寫錯，但在下標題時，除了要與內文一

致外，擔任編輯工作的人，還需要肩負部分新聞查證的工作，才能把正確的訊息傳遞給讀者。

（二）客觀

不僅新聞內容要客觀，同樣的，標題也要客觀，編輯不能因為個人的喜好，利用標題去左右讀者的判斷與思考。美國著名編輯人凱斯（Leland D.Case）曾說，「不要按照自己的意思，在標題上做結論」；美國著名報人林恩（Mary J.J. Wrinn）則說「標題對於新聞本身，不加意見、不置批評、不偏袒」說明了，標題必須要客觀，不能摻雜個人意見，否則就變成評論。

（三）生動

標題下好了，如何利用字形的變化，讓這則新聞在版面中亮眼，進而為讀者帶來視覺上的「衝擊」和閱讀的興趣，因此標題下得是否生動？是否吸引讀者目光，成了除文筆之外，另一個可以變化的地方。

報紙的版面，大多是由數則新聞組合而成的，好的組合可以讓原本平淡無奇的版面，起了美化的作用，並且在眾多的版落中，引人注目，吸引讀者閱讀的興趣。

其實，編排漂亮的版面，固然會吸引讀者，而使用突出的文字把新聞中有趣的事實提示出來，可以增強標題的生動化，使得新聞價值大增。

二、製作標題要訣

「文好題一半」是說，文章要好，標題功勞佔一半，代表標題很重要。新聞標題不僅是新聞資訊的濃縮，更是新聞的門戶和眼睛。為了快速抓住讀者眼球，和提供更多資訊，編輯不僅突出標題來強化新聞資訊，且大量地直接運用標題新聞的形式。此外，俗話說「看書看皮，看報看題」一張報紙在手，讀者第一眼就是先看標題，標題「抓」住了讀者目光後，他才會繼續往下讀。

下如何才能下出好標題？只要掌握住「活」、「簡」、「切」、「快」四個字，大致上就能下出來四平八穩的標題。

（一）活

標題如果太拘泥形式，或是太規規矩矩，這樣的標題在欠缺變化下，對讀者的吸引程度也會下降，所以，如何利用字型變化達到「活」的效果是一門學問。

以字體來說，若要使版面看起來比較簡潔、乾淨的，大多數的編輯會大量採用宋體和正體，若要凸顯，可多使用黑體字。同時在一個版面上，可藉由穿插不同字體、字型方式，讓標題「活」了起來。

有些編輯認為，在每一個版塊裡的形式要固定起來，讓讀者可以一看到標題就知道是哪個版塊，或是在版面中固定的位置上，尋找到自己熟悉的專欄或訊息。固然民眾有閱讀上的習慣，但也容易喜新厭舊，還是要有改變的空間與彈性，才會給人新鮮感，更樂於去閱讀。

（二）簡

　　儘管在下標題時，沒有硬性規定一行題要下多少字，但重要的是，要利用最精簡的字，表達出最完整的重點。且在同一組的標題中，同樣的字儘量不要重複出現，充分運用每一個字。

　　特別是在環保與節省成本概念下，以及方便讀者閱讀，標題的處理越來越精簡，常常用一行題帶過，節省過去繁複的副題或是引題，相對的，原本可以利用兩行題或三行題來表達完整新聞提示的，現在要濃縮到只剩下一行題，對「簡」的要求自然更高，要有更深厚的下標題功力，才能完成。

（三）切

　　下標題最重要的是要切題，要能夠充分掌握到訊息的內容，才不致於下出題文不符的標題。

　　在有限的標題字數下，要如何下標？可以利用構成新聞要素中的 5W1H：when（何時）、Where（何地）、Who（何人）、What（何事）、Why（何故）以及 How（如何）來作為依據。新聞內容的重點往往不只有一個，在導言中卻只能一個或二個主題為重點，同樣的，標題也是如此，一行標題中不可能包羅萬象，所以在標題中要點出 5W1H 中的一、二項重點來作為下標的依據，如此不致離題，也可下出與內文切合的標題。

（四）快

　　通常媒體處理新聞的時間不會太多，特別是網路或是電視新聞的標題，為了搶時效，往往消息進來到送出去的時間只有十幾分

鐘，這段期間內，除了下標題外還要校對內容還要修改文字，能夠下標題的時間有效。所以編輯如何在有限的時間內把標題下好，還要切合內文，就需要「快」。要能夠很「快」的掌握的訊息的重點，以及很「快」的把標題下出來。

相較於網路或是電視新聞，報紙能夠處理標題的時間比較長些，但從記者發稿進來開始，後續仍是一段繁複的校對、確認稿件內容是否正確等細緻工作，等到稿子沒問題送到編輯台上下標題時，時間也是即有限的。所以編輯一樣要受到時間壓縮的考驗，如何在有限的時間內，把標題下的正確無誤，才不會影響到後續作業流程。

第三節　標題的結構

一、單一型標題

這種題型大多以一行題形式出現，如「大學學費　最貴 7.2 萬最低 2 萬」，以一行題的方式具體的點出這則新聞的重點，把各大學每學期學費的高低價點出來，雖然字數不多，但重點以及數字都清楚的點出來。又如「外銷成長減弱　工業生產趨緩」顯示出未來經濟情況恐不理想，由於台灣產業以外銷為導向，連最基本的外銷接單都不好，代表最上游的工業生產情況也不理想。

二、複合型標題

這類型的標題是由引題、主題和副題所構成，但也可能只有主題與副題組合，最起碼一定要有主題與副題共同組成。

（一）引題：

一般來說，引題又稱為肩題、眉題或上副題，以橫排的標題來說，他的位置正位在主題的上面，主要是用來烘托氣氛、點出背景、原因等，以便引出主題。如：

民進黨全代會今舉行
扁許同台受矚目

這個標題中的「民進黨全代會今舉行」就是標題中的引題，「扁許同台受矚目」就是主題。

（二）主題

主題的位置在複合型標題中位居中央位置，若這則標題僅有引題與主題，位在引題下面的就是主題。由於主題是標題的重心，因此都是標題中字體最大且是貫穿標題的重心，極好辨認。如：

零分上大學　錄取機會 100%
招生 8.5 萬人　8.4 萬人填志願　沒設門檻的校系　零分也
可能錄取　「16 年國教」不請自來

在上述標題中，「零分上大學　錄取機會 100%」就是主題，這則標題只要看到主題毋須往下看到副標，就可清楚這一年的大學聯招，即使考零分，也能上大學，創聯招史的紀錄，值得書寫。

（三）副題

　　副題的位置在主題的下面，也可以稱無子題或是下副題，主要功能是補充主題未能充分表達出訊息內容的補助功能，往往會利用比較多的字數，最更進一步的說明。如：

美汽油庫存大增
油價跌破上升趨勢線　專家預測可望跌至 120 美元

　　油價高漲會影響到全球經濟，尤其當每桶油價飆升至百美元後，對觸動通貨膨脹，帶來經濟可能出現衰退的疑慮，所以專家都高度關注油價發展。這則標題的主題「美汽油庫存大增」，庫存增加代表的意義是什麼？雖然主題間接暗示油價可能會因為庫存增加而有下跌的可能，但仍是未明確的點出油價的動向，所以加上副題「油價跌破上升趨勢線，專家預測可望跌至 120 美元」直接點出油價看跌的訊息。

　　這樣主題與副題間的搭配，可以讓這則新聞內容充分表達，光是看標題不用看內文，就清楚新聞的重點。

　　另外，在報紙中也常見以下形式的標題：

1. 題要題

　　此標題的位置介於標題之後、新聞之前，且會以不同的字體編排。由於報紙的篇幅有限，目前這類的標題在報紙上出現的機率很低，但幾乎成為雜誌標題中必有的形式。以雜誌標題而言，以直排題來說，則是位在主標的左邊，字數大多在 100 到 200 字間，以提示此篇文章重點為主。

2. 插題

　　若報紙的新聞文章較長，若都是一片字海讀者難以閱讀，因此在文章中利用插題，一來可做為文章段落重點提示，還具有美化版面作用。在報紙，插題大多出現在專題報導中，雜誌則習慣使用插題，以利讀者閱讀。

3. 大標題

　　大標題指的是在報紙中的專欄大多是由若干篇文章構成，會利用下一個大標題的方式區隔出專欄報導形式。這類標題的字體是數篇稿子中標題中最大的，也最顯著，以凸顯專欄重要性。

第四節　標題分類

一、敘述題

　　這類的表現方式，是標題中最常使用的，利用敘述型態把新聞的重點點出，讀者看到標題可以清楚且直接的知道新聞內容。如：

稅改定調　減稅利益歸中低所得者
劉兆玄出席工商早餐會　張忠謀再提富人增稅與開徵證所稅　財部：徵證所稅還不到時候

二、解釋題

由於某些議題不是一般人易懂的，為了讓讀者可以更清楚新聞內容的重點，利用解釋的型式的標題，充分表達出訊息內容。但在下解釋題時，編輯容易融入自己的想法、判斷，會誤導讀者，所以必須持客觀立場。

明年 8000 機關學校　網路批公文

如線上簽核比率達 60% 將可少砍 6 萬棵樹　相當減碳 13 萬公斤　未來誰經手修訂核閱　一目了然

三、感嘆題

凸顯出對事件、現象的無奈，並藉此吸引讀者注意，增加新聞的可閱讀性。如

房市：唉！不再有豪氣

大台北銷售率創新低　部分仲介業開始看空市場

四、疑問題

主要是要吸引讀者注意，並就一個現象或狀態，提出質疑。如

你吃的是魚漿　還是卡德蘭膠？

添加物喧賓奪主　一兩公克就能做出大量　素食產品、關東煮、甜不辣、火鍋料　口感亂真

五、諷刺題

　　此類標題是借用某些事情來暗喻另一件事情的不合理性。不過這類型標題，在現今標題中並不多見。

六、暗示題

　　這類的標題的內文，大多與貪瀆或是緋聞為主，為避免引來毀謗之嫌，利用一個境況來暗示兩家者有某種關聯，至於留下的空間，待讀者自行發揮想像力。

七、譬喻題

　　用一種現象，來加強事件的景況，以加強讀者的印象與閱讀誘因。如：

台債快沒氣　市場苦等強心針
借鏡星、加等國，財部應肩負健全債市重任、擴大流動性

思考問題：

1. 請問標題的功能為何？
2. 請問製作標題的要訣為何？

實作作業：

1. 請為以下新聞內容製作單一型及複合型標題各一。

民間司改會舉辦「2010 年度司法民怨」網路民調，約 1/3 的網友不滿司法單位對表現不適任的司法官沒有淘汰機制。司法院表示，淘汰不適任的法官是司法院既定的方向和政策。

民間司改會於 5 月 3 日至 7 日與網路民調中心合作，舉辦「2010 年度司法民怨」民意調查，針對司法單位的負面評價作民調。其中第 1 高票為「對表現不適任的法官、檢察官莫可奈何，無『法』淘汰」，在總投票數 8327 人中，佔了 33.6% 的比例。

對於民調結果，司法院祕書長謝文定表示，淘汰不適任的法官與檢察官，一直是司法院既定的方向和政策，目前已有評鑑辦法與法官自律機制，司法院近幾年也主動移送、懲處不適任的法官，日前遭停職、移送監察院彈劾的法官林德盛，就是例子之一。

謝文定指出，司法院正積極推動法官法立法通過，將評鑑辦法納入正規法律，對不適任的法官，建構更完整的淘汰機制。

此外，第 2 和第 4 高票，分別為檢察官尚未偵結的案件遭媒體大幅報導，以及檢察官以押人取供方式辦案，各佔 22.8%、11.3% 投票數。對此，法務部政務次長陳守煌表示，法務部已嚴格要求檢察官不得違反偵查不公開原則，並不得以強制處分手段，作為取供辦法。對於不適任的檢察官，目前也有評鑑機制作懲處。

　　另外，第 3 高票則有 16.4%的網友認為，法官判錯不會被處罰，也不需賠償冤獄受害者。謝文定表示，題目對於法官判錯的定義並未說明，且制訂處罰機制將侵犯審判獨立。而目前已有冤獄賠償法，司法院也在今年成立冤賠研討會，期望將冤賠法制定更臻完善。

　　民間司改會執行長林峰正表示，舉辦民調的用意，是為給司法單位社會壓力，提醒他們「不能再混了」，題目制訂則由司改會統計以往接到民眾的申訴及抱怨，經過內部討論所設計。

　　林峰正指出，從調查結果可看出，司法機關應盡速立法，制訂相關機制，解決司法弊病。

參考書目：

陳萬達（2001）。《現代新聞編輯學》。揚智文化出版。

顧朗麟（1999）。《新聞標題製作——台灣五大報 126 個活教材》。

第七章　圖片編輯

陳忠義編寫

第一節　圖片的重要性

到 2009 年的今天，新聞攝影（Photo Journalism）已歷經 170 年的歲月，21 世紀可以稱為網路與電視影像的流行時代，20 世紀則是新聞攝影（平面媒體）的主宰世代，但其基本道理就是「用眼睛看新聞」。

在法國的達蓋耳（Louis Jacques Mandé Daguerre 1787-1851，銀版照相術的發明人）與在英國的托爾伯特（William Henry Fox Talbot 1800-1877，碘化銀紙照相法「calotype」或稱「Talbotype」發明人）這兩人 1839 年同時宣佈擁有該項發明的專利權，從此進入攝影或新聞攝影的時代。

法國與德國領先美國，早在 1920 與 30 年代，就把攝影視為一種重要與現代的表達手法，在此時候，攝影器材的革命性發展，相機不只易於攜帶，而且拍出效果良好的照片，在 1936 年美國《生活」（Life）雜誌》問世之前，法國就有一本新聞攝影期刊《Vu》，有些研究者認為《生活》雜誌就是學《Vu》。

任何人都知道「眼睛為靈魂之窗」，而新聞攝影則把新聞事件透過圖像，再次重現在我們的眼前，同時也把事件記錄或「保留」

下來。在 20 與 21 世紀交替之際，美國 Little，Brown and Company 出版一本厚 423 頁的專書，《LIFE：Our Century in Pictures（生活：我們的圖像世紀）》，從 5 萬多張的新聞圖片，挑出 770 張，讓這 7 百多張照片來呈現、貫穿或回顧 20 世紀人類的重大事件。這本以圖為主，文字為輔的新聞攝影，讓讀者透過影像，不只可以了解新聞事件，也可以情緒的分享。

《時代雜誌（Time）》創辦人亨利魯斯（Henry Luce）可以說是現代新聞攝影雜誌的開路先鋒，他在 1936 年 11 月 23 日推出《生活》（Life）雜誌，每週有上百萬的讀者，透過《生活》的圖片觀察並感受世界的變動，「生活」雜誌從此改寫新聞媒體與廣告界。

亨利魯斯對新聞圖片所具有的表達力深感興趣，他認為好的照片具有神奇的功能，新聞圖片的神奇在它可以捕捉瞬間所發生的事件、情感，而使讀者有所啟示。他在創辦《生活》企劃書一開始就指出用圖片：「看生活，看這個世界，觀察重大的事件」（To see life; to see the world; to eyewitness great events……），而照片要「大的照片、美麗的照片、精采的照片、來自世界各地的照片、有趣的人物與許多嬰兒的照片」這是亨利魯斯最早為《生活》所下的定義，之後發展為讓讀者親眼看到一切，這就是生活。

從亨利魯斯對新聞圖片的要求，創造出 picture-essay（圖片論述）風格，這種表現方式與文字相較，新聞攝影可說是一種「新的語言」，它傳播新聞事件的速度快、影響是直接而立即、閱讀年齡降低而普及，這都是文字所不及的，而當年新聞圖片所具有的優勢，如今都存在於網路世界。

進入 1960 年代，美國、歐洲的社會發生劇烈的變化，攝影記者的焦點不再只是戰爭或政治人物、外交等「硬性」新聞；由於戰後「嬰兒潮」面對冷戰與越戰所帶來的衝擊與迴響，造成學生運動、女權主義、環保與消費者意識的興起、搖滾樂的流行文化與樂手的

吶喊、醫療與科技的大幅進步、流行時尚的全球化與普遍化⋯⋯將新聞攝影帶入一個黃金時代，攝影記者透過鏡頭賦予新聞照片更豐富、更複雜、更精深的意義，而不只是圖像的呈現者，新聞記者希望獲得具有創意攝影者的認可。

到 1980 年代「新攝影新聞學」（New Photojournalism）蔚為潮流，不論是否受聘於媒體機構，有些攝影記者將作品以主題方式呈現，不論是集結出書還是展覽，本身「創造」出新聞，常引起廣泛的迴響，而不受限編輯室的格局，攝影記者也可以傳述他們個人的觀點。

隨著新興媒體的到來，不論是新聞攝影還是圖片，反而更廣泛的使用，從電視、網路、行動通話工具，圖片的需求更為廣泛，而且新世代的通話工具都具有攝影的功能，並且隨時上傳，攝影圖片的來源不再侷限於握有攝影器材的記者，當年亨利魯斯所期望的「用圖片看生活，看這個世界，觀察重大的事件」的時代是真的來臨。

第二節　圖片的功能

圖片，狹義的解釋是指照片，特別專只新聞攝影照片；廣義的圖片包括新聞照片、表格、地圖、插畫甚至漫畫。一般圖片具有以下的功能；

一、眼見為信，親歷其境

圖片的功能最經常被引用的一句話是「一張照片，勝過一千字」。特別是一個災難現場、衝突的場景、人情趣味、寵物的動作等等，通常照片是比文字更有吸引力。

　　圖片具有是覺得讀寫能力，很多文字是無法傳達的，或非筆墨能形容的。

　　照片把讀者「帶到」現場，讀者有「真實」的感受，進而產生共鳴。

　　要說明經濟的成長或衰退、或景氣的好壞，表格最能讓讀者一目了然，勝過文字冗長的敘述，若我們同意數字會說話，那表格則讓情況的發展無可遁形。解釋一個陌生的地方，或遙遠的國度，地圖給讀者正確的方向與方位。

二、觸動人心，引起共鳴

　　文字需要較長的時間才能激起讀者思考，但圖片卻能立即觸動人心，同時引起多數人的共鳴。

三、真實分享，經驗共享

　　不論是運動員最後一刻的衝刺，還是街景的市井小民，或是災難現場的人性反應，動物本性的流露，透過圖片讀者有如當事人直接分享痛苦與歡笑，以及當時的心境。

四、引領讀者視覺的焦點

　　圖像能使瞬間成為永恆，引領讀者視覺的焦點，一而再的抓住讀者的眼光。

五、紀錄肉眼看不到的世界

人類外太空的探險、人腦的活動、胎兒在子宮內的發育、電腦晶片的運作等等，若沒有攝影，沒有新聞圖片，我們就沒有辦法觀察到大自然或人類奧妙的行為。

六、把世界帶入客廳

讀者透過圖像可以臥遊世界，同樣也可以在臥室看到烽火世界；圖像讓閱聽人「參與」世上的大小事件，從 1960 年代的越戰，到 21 世紀的 911，都證明新聞圖片為世人帶來震撼與影響。

因為透過圖像的「參與」，在紐約或巴黎或巴格達發生的事件，可能激發世界其他地區的人民走上街頭，表達他們的想法與立場。

七、其它

傳統上認為圖片可以美化、活潑版面，引起讀者的注意。這應該是圖片的次要功能，否則就貶低圖片的價值。若是一張值得用的圖片，就不應該是美化版面，而是主角，甚至必要時刪減文字，讓圖片有更多版面呈現。

第三節　圖片的運用

一、圖片的使用

（一）新聞照片

　　應配合新聞使用，與相關的文字編排在一起，照片擺置的位置不可與文字報導分離；圖說宜簡潔、清楚，不應帶有評論的字眼。

（二）獨立圖片

　　獨立的照片、表格或地圖，在搭配簡短的文字說明，通常再加上欄線，就構成一則新聞。

　　獨立的照片，像一隻母鴨帶成群小鴨越過馬路這種充滿人情趣味的圖片；表格，如《華爾街日報》有關財經股市的報導、或英國《經濟學人》（The Economist）周刊每期最後兩頁的 Economic and financial indicator，以表為主，文字為輔；地圖，如日韓為獨（竹）島的爭議，一張區域地圖配上文字，都可單獨成衣則新聞。

（三）系列照片

　　同一個事件，在瞬間內、隨時間的進展，拍出先後順序演變的照片，稱之為系列照片。如生育過程、火山爆發岩漿噴射的過程等等。

　　系列照片意指同時會刊出幾張照片，編輯或挑出關鍵性的照片連貫成一則新聞，但應選擇一張最具關鍵或高潮的照片放大，方便讀者閱讀。

（四）畫頁

用幾張照片串成一則故事。與系列照片的差異，在於系列照片是以連續的時間為橫軸；畫頁是以特定的主題為主軸，刊出的照片未必依時間來排列。但編輯也要選一張照片做「主角」，才有重點；或在故事終結時，刊出一張放大的照片，代表結尾。

可配合簡短的文字，而且圖說未必跟每張圖排在一起，可以單獨集中處理，讓版面有整體的美感。

二、地圖

新聞事件不會選擇發生的地點，也不會只發生在讀者熟之的區域，因此地圖便具有輔助解釋的功能，特別是國際新聞版與旅遊版的新聞。

地圖應依大小比例尺製作，而不是任意繪製；地圖的呈現應包括兩張：小一點的是該國在全球的位置圖，大一點的是該區域的放大圖，如配合蘇丹達夫戰亂的報導，第一張圖要顯示蘇丹在全球所在的位置，或是該國語鄰國的相關位置圖；第二張則是達夫的放大圖。地圖的下方都要標示縮小的比例尺。

至於街道圖，也是要按比例製作，標明方向，而非簡略的示意圖。

三、表格

表格可以很清晰觀察現象的變化，而且有益於幫助解讀數字，進而預測未來的發展趨勢，雖然財經報導很廣泛使用，但依些質報在解釋社會問題，或民調也常透過表格來說明。

表格的呈現可配合一些簡短說明，讓讀者清楚數字所代表的意義；最重要，要註明資料的來源。

四、插畫

目前媒體以較少使用插畫,最廣泛運用插畫的華爾街日報,以針筆畫畫出新聞人物的臉龐搭配新聞,但近年來也開始刊用新聞照片。過去法庭上不能拍照,遇到重大案件,報社會派會繪畫的人進入法庭旁聽畫成插畫刊登。

五、漫畫

漫畫是以畫筆評論新聞事件,畫筆下的人與事,常帶有誇大、批判、諷刺、揶揄、譏嘲的效果,以達到評論的目的,也因此漫畫通常都刊在言論版而非新聞版。

第四節　圖說撰寫

一張照片或其他圖片,如果要突顯出他的特色,有時圖說是具有相當大的作用。而在撰寫圖說時,應注意以下的寫作原則:

1. 照片要註明出處,如通訊社,或攝影者的名字,不論是該報記者或向外取得,插畫者的名字也應註明。
2. 資料照片要寫明時間地點,不可移花接木欺騙讀者。
3. 圖說少用贅語,如「圖中所示」或「合影」
4. 不應評論或故作幽默,反之也不可溢美。
5. 用特徵或特點來說明照片中的人物,盡量少用由左至右或由右至左。

思考問題：

1. 新聞圖片在網路時代的發展趨勢
2. 新的通訊工具讓人人都可拍照與傳播，在公私領域會造成怎樣的發展？

實作作業：

1. 選一張國際新聞圖片，比較中文媒體與英文媒體的使用方式。
2. 比較中文與英文媒體如何呈現地圖。

參考書目

1. McManus, Jason (1989). Time Magazine Special Collector's Edition 150 Years of Photojournalism 1989. Time Inc. Magazines.
2. Stolley, R. B. (2005). LIFE: World War II: History's Greatest Conflict in Pictures. Little, Brown and Company.
3. Stolley, R. B.(2000). LIFE: Our Century in Pictures for Young People. Little, Brown and Company.
4. Yapp, Nick (2001). 150 Years of Photo Journalism. Konemann illustrated edition.

第八章　班報企劃與製作

邱郁姿編寫

　　小型報刊的企劃與製作能最直接具體呈現學生的學習成果，並統合訓練學生對新聞的判斷與規劃能力，其中包括新聞採訪與寫作、編輯製作與實務等，而透過班報的製作可以讓學生真正了解媒體的運作流程，實際體驗參與報紙的出刊過程，充份與實務結合。整個班報製作大致可分為出刊的企劃準備、班報採訪、版面設計、編輯排版、印刷出刊及發行等步驟。以下就分別說明之。

第一節　出刊企劃與準備

　　針對班報出刊前的企劃準備，可分為以下幾個部份：

一、班報名稱：一份報紙一定要有報名，就像一個人有姓名，一本書有書名一樣。如同大家所熟知的《中國時報》、《聯合報》或《蘋果日報》等等，報名都是一開始就必須決定的。而在報名的取法上，更是同學可以發揮創意的地方，不同的報名也可以傳遞著不同的風格，給讀者不一樣的感受。

二、定位讀者：每份報紙或雜誌都應該很清楚知道誰是讀者群，因為針對不同的讀者群會有不同的內容規劃，以滿足讀者的需求。像是《國語日報》就是定位給小朋友看的報紙，所以內容

上也會針對小朋友所需要知道的新聞資訊來規劃，而非一般大人看的報紙新聞內容。因此班報在定位上，主要讀者是以自己班上的同學為主，在內容的企劃上就應該多思考什麼是班上同學關心的事，什麼是班上同學想知道的事，或是什麼樣的議題或人物和班上同學的關聯性最高，以讀者的角度出發來構思內容。

三、班報風格：了解讀者需求，並取好報名後，確認報紙的風格也是非常重要的事，例如《聯合報》及《蘋果日報》，雖然都是每天出刊的日報，但報紙風格卻差異很大，《聯合報》給讀者的感覺是較四平八穩，而《蘋果日報》給讀者的感覺則是較煽色腥。所以雖是同樣讀者群的班報，但在報紙風格及取向則可以有不同的規劃及定位，樹立自有的班報風格及特色。

四、班報格式：目前一般中文報紙內文可分直走文或橫走文，而標題也有直標及橫標，每份報紙也都有自己的固定的欄數、字級及版面大小。建議班報大小可設為 A4 或 A3 大小都可，並可將版面簡單分為 5-7 欄，每欄要有固定且一樣的字數，而內文字級則依版面大小來設定，不宜過大或太小，並固定內文及標題的走欄方式，以讀者最方便閱讀為基本原則，在編排及走文上可以「區塊式」的作法，避免造成文字或圖片的編排過於凌散瑣碎而閱讀不易的情況。

五、版面規劃：一份報紙要出刊多少版面是需要事先規劃及準備的，同時也要確認各版的版性及內容，例如班報中可規劃有班聞、系聞、院聞及校聞的不同版面，另外也可以規劃較輕鬆的生活趣聞相關版面，或是特別企劃的專題或調查性報導，讓整份班報可以更多元更豐富，也增加了班報的閱讀性。

六、人事編組：媒體的成果是需要透過組織分工及團隊合作所共同完成的，光是只有一個好記者是不夠的。在報社中，通常會設有總編輯、副總編輯及採訪主任等職務，而除了文字及攝影記

者外，編輯更是將新聞排版完成出刊中很重要的功臣。因此在班報製作時，組織人員的規劃通常也成為班報成果好壞的決定因素之一，唯有透過人員的分工及協調，才能讓運作過程更為流暢。通常班報的組織人員規劃中，每組可設有一名總編輯、一名副總輯及一名採訪主任，可由全組同學來推舉選出，其他人則分為記者及編輯二大項職務，共同合作完成一份班報。

七、路線分配：針對版面需求規劃出採訪路線，可分為班上、系上、院上及學校行政單位等路線，並依新聞路線的重要性，分別安排同學擔任記者採訪，並隨時向採訪主任回報新聞發展狀況，或以填寫發稿單的方法讓總編輯掌握新聞。總編輯及採訪主任在路線分配上，可隨時調配所需人數，同學們並隨時互相支援，避免同學間踩線或自相競爭的情形。

八、出刊流程：在班報製作前，每位同學都應該了解整個班報的出刊流程，報紙要能順利出刊絕非只有總編輯或採訪主任的事，所有擔任記者或編輯的同學都要共同負責，因此在一開始就要先訂出每次的開會及截稿時間，以便在出刊日前順利完成出報的每個流程工作。

九、編前會議：無論是電視或報紙媒體，在開始執行前一定都有召開編前會議，例如一般報社每天下午 4 點左右都召開編輯會議，以討論確認當天報紙各版的頭條新聞及要編版的重要新聞內容。所以在每次班報執行前，總編輯都應該召開編前會議，共同討論當期班報出刊內容。

十、特別企劃：在班報內容中，除了一些既有的新聞外，也可以透過編前會議做特定主題的規劃，像是師長的人物專訪、暑假打工調查、春節何處去……等特定主題規劃採訪報導，而特別企劃內容也是每一份班報的「獨家」內容，可以留給讀者較深刻的印象。

第二節　班報新聞採訪與寫作

在確認好基本的班報定位走向及人員組織規劃後，最重要的是班報的新聞採訪工作，總編輯依照班報所需內容規劃採訪路線，並由同學擔任記者採訪新聞寫稿，在採訪時應注意以下事項：

一、讓新聞與讀者發生關係：班報主要的讀者是班上同學，所以在採訪新聞時，無論負責什麼新聞路線，都應時時思考以讀者的立場設想，什麼樣的新聞才能吸引他們，非只單純報導新聞本身，而是要拉近新聞和班上同學的關聯性，找出和班上同學最有關聯的新聞點。例如若報導學校公佈獎學金名單，非只報導全校有哪些同學得獎，應將焦點放在班上或系上有哪些同學獲獎，這樣的新聞切入點較能與班上同學發生關係，讀者在看新聞時也較有感覺。

二、經營路線，挖掘新聞：新聞是用腳和嘴跑出來，也只有勤勞才會有好新聞。在分配好路線後，記者們要對先了解自己所跑路線的相關資料，包括學校網站、佈告欄的公告海報，甚至上課講義，都可能透露新聞線索消息。另外，除了班上同學外，系上的秘書、助教或老師都是很重要的消息來源及受訪者，記者要努力用心經營，才能挖掘到和別人不一樣的新聞。

三、掌握重大新聞，人員互相支援：在新聞採訪的過程中，記者應回報進度，總編輯要隨時掌握重大新聞，尤其若遇到突發新聞時，更要趕快彈性調派記者相互支援，隨時互通有無；在版面呈現上可以用 xxx、xxx 記者聯合報導方式呈現，在團隊的努力下才會有好的成果。

四、衝突或爭議新聞，要查證平衡報導：雖然班報報導的內容較少有衝突或爭議的新聞，但還是有可能會報導學生與校方立場不同的新聞，或是事件本身涉及許多不同的當事人，所以記者應

有專業的處理方式，不可只有單方面的說詞，要多方求證，平衡報導事實真相，立場公正客觀。

第三節　班報版面設計

除了班報內容需要精心企劃外，好的版面設計更可以吸引讀者的目光。版面設計包括：

一、報頭：取好報名後，報頭也應該要加以設計，橫式、直式皆可，在字體的樣式上沒有特別限制，可以多嘗試變化，例如《爽報》的報頭，每天用不同的創意來呈現不同的「爽」字，但要特別注意的是每次報頭大小都要一樣，不可讓讀者找不到或看不懂報頭的字樣。

二、報眉：每個版面除標示數字來呈現第幾版外，在報眉上也可以配合報頭設計每個版的報眉，讓讀者感受到整份報紙一致性的設計風格。

三、天地線：報紙中的每個版面都要有天地線，以確認每個版面大小一樣。並在天線上標示出刊日，在地線上也可以稍加設計，例如《銘報》新聞的地線中，就標示著「沒有任何一棵樹會因為你手中的銘報而倒下」，藉此告訴讀者報紙是用再生紙印刷的，也展現出報紙關心地球做環保的用心。

四、新聞提要：報紙中的新聞提要雖然不是一定要有，但若出刊版面內容較多，或是有特別企劃主題內容，則可以利用新聞提要的設計，向讀者提示重點新聞，也方便讀者直接找到版面閱讀。

五、文字欄：一般報紙都是用細明體，每一欄的字數要相同，字級大小則要依版面大小來調整，避免內文字太而小讀者無法閱讀。

六、標題：標題是「導言中的導言」，通常讀者也都會快速閱讀版
面中的標題，所以報紙中的標題製作是很重要的，標題字體可
稍做變化，但切記標題中最好不要直標及橫標並陳，避免發生
讀者無法閱讀的情形。

七、照片、圖表：報紙中應該避免文字過多或一片字海的情況，所
以可以善加利用照片及圖表的編排設計，不但可以讓讀者更清
楚內容，也可以讓版面的呈現更加活潑，具可看性。

八、適度留白：在版面設計中適度留白有時是很需要的，也可以讓
讀者在閱讀版面時有可以喘息的空間。

第四節　班報編輯與排版

在分配好的新聞採訪路線後，在企劃會議時就應該將文字截稿
時間加以明確規範，可分梯次截稿時間，將較沒有時效性的稿子提
前交稿，而配合採訪較具時效性或突發新聞則可以有較多的時間。
記者務必配合約定的截稿時間內交稿，並交給採訪主任過稿，在確
認稿件無誤後，由總編輯所主導召開的編輯會議中，需決定各版的
頭條新聞及分稿，並開始編輯排版工作。編輯排版要做的工作包括：

一、選用排版軟體：每個報社所使用的編輯皆不盡相同，班報的編
輯可自行選用各種合法排版軟體，例如 PageMaker 或 Indesign
等軟體都可。

二、照片裁剪、修片：編輯可透過照片修圖軟體，例如小畫家或
Photoshop，將照片做適度裁剪及修片。

三、編輯整併新聞：開始編輯時，要記得除了編排之外，也有要「輯」
的觀念，也就是要把相關的新聞做併稿或分稿，另外也可以用
共同單元的方式來排版，例如「班聞大小事」單元，就可以把

一些較零碎的小新聞，放在同一單元內來編輯。若有遇到重大新聞時，也可以用分稿的方式，再搭配照片或圖表，做大新聞版面，以凸顯新聞的重要性。

四、修稿及下標題：當記者把稿件交上來時，一定要經由採訪主任及副總編輯過稿，每一稿件都需再三確認稿件內容無誤，不得有編撰或造假，若有任何質疑都應請記者再求證，若有錯誤要立即修改更正。而下標題也是編輯展現文字能力的時候，編輯要根據新聞事實內容下標題，引題、主標題及副標題可以多重搭配運用，並可善加發揮標題來吸引讀者注意。

五、善用照片及圖表：現在的報紙已慢慢走向圖像化，一張好的新聞照片有時可以勝過文字的千言萬語，所以在編輯時可選用一些具新聞照片，也可應用圖文新聞的方式來呈現。而一位好的編輯也一定要會靈活應用圖表，尤其是遇到調查數據或過去歷史資料整理時，圖表的整理及呈現可以幫助讀者輕鬆閱讀，也可以讓版面更加美觀。

六、美化版面：在編輯時，欄位的變化是有助美化版面的，例如在基本走欄中，可以利用三破二或四分三的走欄方式，以區隔新聞。另外，在排版時也應避免版面切割、並題、頂題或通欄的情況，同時標題也可應用套色，或加上一點簡單插圖，讓整個版面看起來更活潑。

七、最後校稿及過版：編輯編好所有版面後，需經由副總編輯及總編輯做最後的校稿及過版，仔細檢查內文及標題錯誤，並立即更正。

八、臨時挖版：若有遇大臨時發生的緊急新聞時，總編輯可能會決定挖版換新聞，此時編輯應配合，在出刊前做最快的應變處理。

第五節　班報出刊與發行

　　一切新聞及排版都確認完稿後，當然最後就要將成品印刷出刊。在印刷前要再仔細檢已完稿的版面檔案，包括報頭、圖片連結或專欄 LOGO 等都要確實存檔，建議可將版面另存成 PDF 檔案格式，如此版面中的文字及照片可被固定，無法再被更動。最後將確認無誤的版面印刷出刊，並做好裝訂工作，以利報紙發行。

　　最後的發行動作是不可忽視的，因為再好的成品若無法確實發行到讀者手中，那麼一切的努力終將白費。所以班報完成後，應依照讀者及師長數量，確實印刷班報送到他們手中，當然也可在有限的印刷預算內，擴大發行至全校師長，這樣將有助班報所發揮的重要性及影響力。

思考問題：

1. 如何企劃班報內容及版面規劃？什麼樣的新聞才能吸讀者？
2. 報刊出版包括哪些製作流程？如何分工？
3. 如何挖掘新聞及做好採訪新聞工作？
4. 學生可以從班報製作中學習到哪些東西？

實作作業：

1. 請各班共分為三組，每組自行企劃製作完成一份班報，報紙需A3 大小，每期需至少出刊 2 個版。

參考書目：

彭家發（1995 年）。《小型報刊實務》。三民書局。

陳萬達（2001）。《現代新聞編輯學》。揚智出版。

戴定國（2005）。《新聞編輯與標題寫作》。五南出版

孟淑華（2004）。《新世紀新聞編輯實務》。亞太出版。

第九章　電腦輔助新聞報導

邱瑞惠編寫

第一節　何謂電腦輔助新聞報導
（CAR — Computer Assisted Reporting）

　　網際網路的出現帶來人類生活的劇烈改變，其中也包括了新聞工作者的工作方式和慣例。媒體在電腦科技運用上，像是將電腦模組自動化取代過去手工排版，改變了傳統新聞產業的產製流程；媒體在使用網際網路科技上，伺服器也佔據了新聞工作最核心的位置。新聞記者開始體會電腦是新聞報導的一個重要工具，在新聞工作流程中藉由資料檢索，能夠更便利取得資訊；同時也能藉由電腦軟體的技術分析，獲得更真實可靠的新聞資料。

　　電腦輔助新聞報導的觀念是相當廣泛的。Garrison（1998）說明，電腦輔助新聞報導意為在處理新聞資料過程中，運用電腦功能及資源來輔助新聞報導的工作。它有時被稱為「線上研究」（online research）、「資料庫新聞學」（database journalism）或「電腦輔助新聞學」（computer-assisted journalism）。它的輔助面向包括了：

　　1. 新聞題材蒐集：記者可以在電子資料庫找尋相關新聞題材，或 bbs 佈告欄找尋相關新聞。也就是使用電腦連結到其他電

腦或資料庫，將其作為消息來源並加以利用；因此，也有人將其稱為「資料庫新聞學」（Database Journalism）。

2. 新聞資料的整理與分析：新聞工作者在使用既有的電子資料庫，尋找新聞線索之後，還可以透過電腦工具（電腦使用統計軟體）對原始資料加以分析，例如 SPSS 或 EXCEL 等軟體，讓某些新聞報導能夠具有科學實證的基礎，也能更有深度。

目前電腦輔助新聞報導在國際媒體的運用上相當廣泛，同時也極為受到重視；像是新聞界中極高榮譽的普立茲獎，在過去幾年間就有多篇以 CAR 方式所產製的新聞報導。所以作為一個網路時代的新聞工作者，有必要了解並熟悉電腦輔助新聞報導的運作方式和技巧。

另外，學者研究也發現，電腦輔助新聞報導對於記者個人和媒體本身，都有相當的助益（Garrison, 1995）：

對記者而言：

1. 增加記者生產力。藉由網路無遠弗屆的特性，記者無須花費相當時間於採訪來回路程當中，可以輕易得到各地而來的消息，自然能夠增加記者的產能。

2. 增加對資訊的接近性。網際網路增加了記者對資訊的接近性，除了公共資訊較容易取得之外，私人資訊也隨著個人部落格及公民新聞的興起，讓記者能獲得更多更豐富的新聞材料。

3. 減少依賴消息來源解釋訊息，加強記者對訊息意義的分析。對於傳統新聞報導消息來源的偏向，能夠有所平衡。過去學者研究發現，許多新聞工作者相當倚賴官方或權威人士的話語，作為主要的消息來源，CAR 則可讓新聞媒體的消息來源更呈現多元化。

4. 可輕易存取先前記者所儲存的資料檔案。過去媒體需要較大空間的儲藏室，才能儲存新聞檔案文件，但現在電腦在儲存

資料上的優異功能，資料和檔案的儲存幾乎沒有限制，對未來使用者在取用上也較為便利。

對媒體而言：

1. 節省記者採訪的費用。記者若是要親身到各地採訪新聞，尤其是跨城市、跨國界的採訪，就會耗費可觀的交通、食宿等費用。而網路使得記者在蒐集資訊時可以節省時間、人力和物力。

2. 增加競爭力。當今新聞媒體競爭十分激烈，在資訊的取得上，若能熟悉操作並運用 CAR，就能增加在媒體間自我的競爭力。

3. 增進本地新聞報導的品質，使新聞報導更具有說服力。經由網路檢索，記者在寫報導時，可以援引更多的案例或資料，來說明和加強新聞內涵，使新聞更加完整和正確。

4. 增加新聞報導的可信度和精確性。在資料的檢索上，使用資料庫中大量數位儲存的資訊，可以使新聞事實得到某種程度上的查證。

第二節　電腦輔助新聞報導的發展

一、早期電腦輔助新聞報導

（一）電視台引進電腦，對大選結果進行分析

事實上在 1950 年代中期美國工商業體系中即普遍引介了電腦發展應用的可能性，同時發展出特別的電腦語言，而且電腦開始在應用科學和軍隊中使用得更多。但是它一直到 1952 年總統大選，電腦輔助新聞報導的時代才真正開始。

1952 年美國總統大選，哥倫比亞廣播公司（CBS）租用了 UNIVAC（Universal Access）來處理選舉資料。UNIVAC 在選舉結束之後 45 分鐘內，就計算出艾森豪將以 438 票贏得絕對優勢的勝利。但在選前幾乎所有媒體和專家都預測艾森豪和史蒂文生雙方不分軒輊。所以 CBS 延遲了報導電腦的預測，要 UNIVAC 重新計算。工程師們只能再次計算，但電腦依然堅持艾森豪會大獲全勝。選舉結果公布，另所有人大吃一驚，艾森豪實際票數 442 票，UNIVAC 的預測誤差率不到%。自此，沒有任何選舉是不靠電腦來預測計算的。

（二）報社等媒體，初步利用電腦統計資料、調查分析，進行精確新聞報導（Precision Journalism）

精確新聞報導是利用社會科學研究方法來搜尋、分析和報導事實，20 世紀在媒體上出現越來越多社會調查的數字、圖表，這些變化的開創者可說是以北卡羅萊納州教授 Philip Meyer 為代表。

1967 年美國底特律發生非裔黑人暴動，當時還是《底特律自由報》的記者 Philip Meyer 和密西根大學 John Robinson 及 Nathan Kaplan 兩位社會科學家合作，在暴動地區以隨機抽樣法選取 437 個黑人訪談，再將訪談結果輸入電腦（IBM360 電腦主機），以統計分析黑人暴動因素，並為報紙寫了一系列報導。報導獲得美國普立茲新聞獎，也為媒體上的電腦輔助新聞報導應用開創出新的時代。

1973 年時任北卡羅萊納大學的新聞系教師 Philip Meyer 出版著作《精確新聞學》，很快便成為美國新聞院校的教科書。Meyer 認為傳統產製新聞的方式，容易使人只傾向於報導聳動情節的事件，同時也只停留在對新聞事實的一般性描述上；所以他提出要用社會科學研究方法來蒐集、加工、分析和報導新聞，以提高新聞報導的準

確性和客觀性。上世紀 70 年代，美國報業開始有記者跟隨 Meyer 的腳步，從事電腦輔助新聞報導。

二、近期電腦輔助新聞報導

（一）1980 年代，媒體大量使用電腦儲存、檢索文件

1980 年代，隨著 1971 年 Ted Hoff 在英代爾公司開始微處理器的發明，個人電腦變得較為普遍，幾乎從政府到學校，都開始購買。另外許多家庭也開始購置家用電腦。在媒體編輯部也開始供應記者電腦，最初目的是為了和線上資料庫連線。

1980 年代，編輯部開始在各方面仰賴資料庫。首先，編輯部開始在電腦圖書館中儲存過去的新聞故事，並且在報導中使用商業資料庫作為背景資料。同時，一些編輯部還為特定的主題發展了資料庫，並使用電腦分析政府紀錄。

（二）1990 年代以來，INTERNET 快速發展，網際網路資源的蒐集及電腦分析能力的應用

1990 年代早期，已經有相當多使用電腦輔助新聞報導而創造的新聞。同時關於其所應該包含的內容也作了進一步的確定。Houston（1996）提出現代電腦輔助新聞報導的基本工具：試算表、資料庫管理、和線上資源。

試算表可用來分析數字，資料庫管理可以組織資訊，線上資源則包含了電子郵件、討論區、線上資料庫和佈告欄。其它工具還包括了統計軟體。上世紀 90 年代，電腦輔助新聞報導的應用已使得新聞業具有相當的科學性。

第三節　電腦輔助新聞報導的應用

一、撰稿與排版編輯（PAGE MAKER、PHOTOSHOP）

　　PAGE MAKER 是 ADOBE 公司所設計的排版軟體，過去一直是報社用作排版編輯的主要工具，而 PHOTOSHOP 則是作為編輯圖片的利器，作為新聞工作者對這兩種軟體有必掌握基本技能。

二、資訊蒐集

　　過去研究中發現，國內記者在資訊蒐集上最常使用的網站類型是「新聞媒體類」、「搜尋引擎類」、「政府公共資訊網」，而最常使用的網路功能是「全球資訊網」、「報社電子資料庫」、「線上資料庫」。以下說明記者常使用的網路功能：

(一) 全球資訊網（WWW sites）：這是記者最普遍會使用的功能，因它所提供的資訊形式相當豐富，有文字、照片、聲音、動畫、影像等，同時也給予使用者各種網路服務。但因資訊繁多，記者必須具備良好的蒐索技巧，否則容易花費大量時間卻找不到需要的資料。

(二) 報社電子資料庫：國內報紙電子資料庫大部分是將原先資料室或剪報室加以電子化而來，對於記者要尋找新聞背景資料相當有用；惟報社只提供過去一年份的內文，若要再往前則只能使用公司的電腦，所以每位記者若能建立個人新聞資料庫，在蒐尋資料上會更為有利（王毓莉，2006）。

(三) 線上資料庫：此為針對某一主題，以有系統的方式將這些主題大量、複雜的資訊統合起來，將其整理和儲存在電腦中，供使

用者查詢。記者可以免費或付出少許費用，即可取得不管是政府機關或民營團體的豐富資料。

(四) 電子郵件：這是傳遞及回覆給其他網路使用者的一種方式。台灣電子郵件地址常會以以下幾種方式出現；com.tw（商業機構）、org.tw（非營利組織）、net.tw（電信事業）、edu.tw（教育與學術單位）、gov.tw（政府機關）、mil.tw（國防部）、idv.tw（個人使用）。

(五) 電子佈告欄（Bulletin Board System, BBS）：電子佈告欄是網路在未盛行之前就有的系統，提供網路使用者一個資訊交流、經驗交換的園地。記者能根據 BBS 上的熱門討論話題，了解社會上不同族群流行趨勢及關切議題。

(六) 網路論壇（Usnet Group）：Usnet 全名為 User's NETwork，網路上的論壇有各種不同主題所組成的討論群，記者可加入有興趣主題的群組，並從此激發新聞議題的靈感。

(七) 電腦光碟（CD-ROM）：電腦光碟並非在網路上由使用者存取，而是使用者依自己需要來購買；記者在使用上就如同工具書一般，必須懂得如何從大量資料中擷取所需，並註明出處。

(八) 部落格：部落格（Blog）是從 WebLog 而來，意思是指在網路上的紀錄，Blog 取 Web 最後一個字母 b，加上 log（紀錄），國內將 Blog 翻譯為「部落格」，也有人稱其為「網誌」，也就是網路日誌的意思。由於個人可以隨時將所見所聞放上部落格，因此可以相當程度地彌補記者對於各地突發事件無法親臨現場的缺憾；另外對於某些新聞自由不發達的國家或地區，在資訊遭封鎖的情況下，部落格有時可成為記者獲取消息的來源之一（王毓莉，2006）。

三、資料分析

隨著科技的進步，電腦能夠處理更多數據與資料，經由資料處理後所得到的數字，往往更具說服力，而在報導新聞與分析新聞時，往往更易得到民眾的認同；早在 1975 年美國北卡羅萊納大學新聞傳播學院教授 Philip Meyer 即提出「精確新聞學（Precision Journalism）」的觀念，他認為要使用新工具報導新聞，才能精確地處理岐義性的論題。他所說的新工具，就是社會科學調查方法。因此記者要利用科學方法寫作新聞，應該學習使用及了解社會科學在處理數字上的統計軟體 SPSS。

第四節　電腦輔助新聞報導的問題

CAR 雖然在應用上有相當多的優點，但是其實網路上常常充斥著一些似是而非、可信度不高的訊息，記者若完全沒有過濾並加以查證，常常會造成記者引用錯誤，並導致媒體威信的喪失。例如前幾年某位晚報記者未查證下，報導了網路謠言「周星馳想拍少林棒球　金城武將飾演陳金鋒」，結果原作者出面澄清純粹為個人杜撰，但已使大眾對於媒體輕率使用網路訊息留下不好印象。這種案例在其它國家也有，像是馬來西亞周刊《Warta Perdana》以網路電子郵件作為消息來源，以圖文報導台灣醫院販賣死嬰給餐廳，再供客人食用。但實際上刊登的照片卻是中國大陸行為藝術家朱昱「對傷害的迷戀」系列作品中的「晚餐─吃人」的照片，新聞局駐馬來西亞新聞處因而要求雜誌澄清事實，以免損及國家形象。

在運用 CAR 上可能發生的問題如下：

（一）記者容易疏懶，新聞報導品質降低

　　由於網際網路資訊繁多，新聞工作者相當容易就能夠轉貼、甚至剽竊他人的作品；尤其是有記者將討論區言論當作報導內容，並將新聞內容寫成似乎已經直接採訪了當事者，記者貪圖便利的情況下，新聞報導品質自然低落。

（二）新聞報導重覆率高

　　媒體之間互相抄襲在網際網路的輔助下，新聞重覆的情況更加嚴重，各家媒體唯恐獨漏，只能不斷炒作大同小異的內容。

（三）易引用錯誤報導

　　新聞工作者對於網路上（包含電子佈告欄、網路論壇和全球資訊網網站）虛假的、過時未更新的各種資訊，沒有加以查證就直接引述。這種作法除了助長網路謠言之外，同時閱聽人在相信傳統媒體比起網路資訊來的可信之心理下，很容易造成被報導當事人極大的傷害。

　　記者在使用電腦輔助新聞報導時，若要達到有效且不謬誤的結果，必須要注意（王毓莉，2000）：

1. 在使用電子佈告欄和網路論壇時，雖能找到獨特的論點和議題，但應了解網站的組織，也要具體引述來源；查證工作尤其是在這一類新聞來源所必須作到的。

2. 在使用各類不同資料庫時，在網站資料庫上，必須要注意其背後機構的公信力；報社資料庫的運用上，記者則應培養數位資訊的儲存習慣，同時也要考量引用的版權問題；而對於國內政府部門資料庫的資訊，則要了解是否有隨時更新。

3. 在使用全球資訊網上，可以從入口網站和搜索引擎推薦的網站來進行，但同樣必須了解網站背後的組織，留意勿有聞必錄。

4. 在使用電子郵件時，它也是消息來源的重要管道，但也要注意查證，同時必須加以分類和管理。

思考題

1. （潘勛／綜合報導）「災害傳染病學研究中心」（CRED）的報告中指出，過去十年中，共發生近四千起天災，造成全球七十八萬多人死亡，而地震是為禍最重的天災，將近六成受害者是死於地震。

　　上述是摘錄一則相當受大眾重視的新聞，如果你在新聞媒體擔任編輯，你要怎麼運用 CAR 系統，查證這則新聞的準確性？

2. 請假設你是媒體中某路線的記者，在你所經營的特定路線上，你會使用哪些網路資源？查看哪些資料庫和網站？

實作作業

1. 請說明電腦輔助新聞報導對個人和媒體本身所帶來的好處。

2. 請詳述在運用電腦輔助新聞報導過程中，如何避免新聞錯誤的發生。

3. 電腦輔助新聞報導有哪些應用？你最常在媒體上看到哪些應用方式？

參考書目

王毓莉（2000.08-2001.07）。《有效運用網際網路訊息從事新聞報導原則之研究》。行政院國科會研究（編號 NSC 89-2412-H-034-011）。

王毓莉（2001）。〈『電腦輔助新聞報導』在台灣報社的應用——以中國時報、工商時報記者為研究對象〉，《新聞學研究》（TSSCI），第 68 期，頁 91-115。

王毓莉（2003）。〈網際網路時代的新聞採訪寫作——試論「電腦輔助新聞報導」（CAR）課程之必要性〉，《中國廣告學刊》，第 8 期，頁 85-106。

王毓莉（2006）。〈有效運用「電腦輔助新聞報導」的技巧〉，頁 201-231，王毓莉（主編），《廣電暨新興媒體寫作的理論與實務（Writing for Broadcasting and New Media）》。台北：五南文化事業。

Garrison B. (1995). Computer-Assisted Reporting. N. J. ：Lawrence Erlbaum Associates, Publishers.

Melisma C. (2000). The Development of Computer-Assisted Reporting. Presented to the Newspaper Division, Association for Education in Journalism and Mass Communication, Southeast Colloquium, March 17-18, 2000, University of North Carolina, Chapel Hill.

第十章　雜誌編輯企劃

陳郁宜編寫

　　當我們手中拿著一本雜誌翻閱它的內容時,是否有想過一本雜誌是怎麼創辦的,又怎麼會設計這些話題呢?事實上,每本雜誌及它每一期的內容,都是透過一連串腦力激盪、群體企劃下產製出來的。

第一節　雜誌的定義

　　雜誌的英文是 magazine,本來的意思是倉庫,是指雜誌的無所不載。雜誌會因其分類的標準不同,而有不同的類別。

一、依刊期分

　　是指雜誌每隔多久出刊一次:
(一) 周刊:指每隔七天出刊一次。
(二) 雙周刊:指每兩周出刊一次。
(三) 半月刊:指一個月出刊兩次。
(四) 月刊:指一個月出刊一次。
(五) 雙月刊:指每兩個月出刊一次。
(六) 季刊:指每三個月出刊一次。

二、依性質分

是以期刊的主要內容或其標榜的主題來分類：
(一) 綜合性期刊：指題材範圍廣泛，無所不談。
(二) 娛樂性期刊：指題材內容在提供休閒娛樂話題。
(三) 社會及政治性期刊：指題材較偏向社會及政治方面的議題。
(四) 興趣性期刊：指題材內容偏向個人的興趣，如釣魚、球類等。
(五) 學術性期刊：指題材均屬學術性的研究內容。
(六) 色情性期刊：指題材內容偏向羶色腥的內容。

三、依受眾分

即以雜誌所設定的讀者為分類：
(一) 婦女期刊：主要內容的設定是適合婦女閱讀。
(二) 學生期刊：主要針對學生的需求擬定刊物內容。
(三) 男性期刊：主要內容的設定是適合男性閱讀。

四、依目的分

是指其刊物成立之宗旨而言：
(一) 商業性期刊：指以利益為考量的雜誌。
(二) 服務性期刊：指以非牟利為出發點，主要目的在提供社會服務，或機構內部情感流通。

第二節　雜誌的編輯政策

　　過去，認為要害一個人就叫他去辦雜誌。事實上，辦雜誌所需要的成本不似經營其他媒體，需要很雄厚的財力及人力。所以，有不少人投入雜誌市場。這可由雜誌的成長數中得到証明。有些人辦雜誌是為了成就自己的一份理想、或是有其他的目的，如政治目的。但不可否認的是雜誌要生存，就不免是一種商業行為。任何商業行為就要確立自己要賣什麼內容給讀者，雜誌本身的賣點在什麼地方。所以任何一本雜誌也要有自己的賣點，在作業上就必需先有雜誌本身的一套編輯政策。

　　我們看雜誌時會有一種印象產生，對於各雜誌的風格都有一定的評斷，這種印象的產生主要就是來自各雜誌的編輯政策。編輯政策是指導雜誌編務的最高原則。就是依據雜誌在創刊時所擬定的編輯政策，各期的雜誌才據以提出各期的編輯計劃，訂出每期的細步作業方向。

　　在雜誌創刊之初，在擬定編輯企劃時，大致包括以下各要點：

一、創刊的宗旨

　　首先要了解辦雜誌的目的，將雜誌的理想、目標原則化，才能使雜誌作業有遵循方向。同時，撰寫宗旨應力求具體的描寫。如是要評時事並給予建議或是單純的挖內幕，滿足讀者知的權利。同時，應對整體外在環境做一完整的分析，了解其生存的可能性。

二、讀者

要了解這本雜誌主要是給誰看，即受眾是誰。這一部份對雜誌而言，可以說是最重要的，如果說雜誌找不到自己的讀者在什麼地方，那成功的機率可以說是零。但這也是一本雜誌最難找的部份。在找讀者時可依年齡、性別、經濟狀況、教育程度、偏好興趣、居住地區、媒介接觸習慣、家庭型態等因素加以分析。

三、刊物的性質

即在設計內容主題時，性質是往那個方向設定。如是走嚴肅或輕鬆的路線、是提供消息或以評論為主、是專業或是綜合的、是財經或是政治類的等等。各雜誌在性質都有程度上的不同，這也就形成各自的特色。

四、刊物的內容

主要是指單元的配置，除了要對各單元予以單元名稱外，對其所佔的份量及比重也要做好規劃，並設定主題內容的比重分配上所採取的措策，如是採平衡或強調方式。所謂的平衡方式是指在內容的呈現上是採多元化的方式，讓多種主題都能在雜誌中出現，而所謂強調方式是指內容的呈現較偏向某一特定主題。

五、雜誌的開本

在市面上雜誌的開本種類非常的多，如三十二開、二十五開、十六開、菊八開及八開等。雜誌在決定開本大小時，會因雜誌本身

的性質、雜誌的內容量、廣告的取得、美工能力及成本考量等因素來決定適合的大小開本。

六、雜誌的頁數

通常設計雜誌內頁頁數，在配合印刷製版，總數要是四或八的倍數，才不會有空白頁出現，形成浪費。另外，雜誌在考慮頁數時還要配合雜誌本身的用紙、刊期、經費、廣告等。因如果雜誌本身的用紙是高磅數的紙張，若頁數多，會形成太厚重。若刊期限短，給太多頁數，則會形成讀者消化不良。若經費不夠，也無法支應太多頁數的雜誌，若廣告較多，則應增加頁數，否則會使讀者因廣告太多而引起反感。

七、刊期

一般而言，刊期愈短與讀者的互動愈多，但相對的對編輯的壓力就愈大。刊期的長短主要是要考量廣告、發行、資源運用，在各項要素配合下，何者最有利，才能做決定。在決定刊期後，要固定時間出刊，且在固定日期出刊。

八、刊物的名稱

刊物的名稱是刊物的表徵，命名時要多加注意，最好是字少且好記，尤其要避免與同類型雜誌雷同，以免造成混淆。在命名時，若能與刊物的性質契合是最好的。對刊物的名稱設計上，最好不要超過八個字，以四至六字最好，且應同時包含中英文名稱。

九、封面

任何一本雜誌都會設計一個屬於自己風格的雜誌封面,讓讀者在看到這本雜誌的封面時就能反應到是那一本雜誌。

十、組織

說明了整個雜誌的所有權歸屬及雜誌內部運作結構。如人事編組及人力編制。利用版權頁的訂定,將會使雜誌社的運作更具法律效力。

十一、價格

要由人力、設備、行銷等成本加以計算,同時,預計多久開始賺錢都是要考量的因素。

十二、廣告及發行策略

一本雜誌的成功除了要有豐富的內容外,完善的廣告及發行配合也是不可忽視的。

(一)雜誌的廣告政策

一般可採用兩種方式:

1. 選擇性廣告策略,即根據刊物的性質做某種程度的選擇標準。這種廣告策略大多運用在較專門性的雜誌,因對讀者而言,廣告也能提供相關的訊息,他們會把它當成雜誌內容的一部份。如果廣告和刊物的性質完全不同,反會使讀者覺得是一種干擾。

2. 非選擇性廣告策略，即並不排斥任何廣告的方式。一般娛樂性的雜誌較會採取這種廣告策略。廣告呈現的是五花八門，如菸酒、化妝品、食品及減肥廣告都有。

　　同時，在擬定廣告策略時也需先了解整個廣告市場，有多少是分配在雜誌上，又那一類型的廣告是刊登在雜誌媒體上，而自己的雜誌性質又適合那一類型廣告，在了解整個市場後，才可找到雜誌在廣告市場的定位。

（二）雜誌的發行政策

　　在發行工作中，要考慮訂戶及零售的比例及通路安排。另外，現發行中的行銷手法是很重要的一環，大家可看到各種行銷手法推陳出新，低價、贈品、抽獎讓讀者有更多的選擇，更可見到雜誌間競爭的激烈。

　　在編輯政策擬定完成後，如果在試刊號發行順利下，以後雜誌的作業就會依據這項最高指導原則運作，每期雜誌會再擬定各期的編輯計劃，以配合實際所需，但任何編輯計劃絕不會去逾越編輯政策所製定的各項規定。

第三節　雜誌專題企劃

　　資訊有價，是可以當做商品來買賣，是資訊化時代的特徵。而送出資訊，且讓消費者樂於掏腰包來買資訊，並充分了解消費者想要什麼資訊，此時企劃就是很重要的事情。雜誌由構思、設定主題、採寫、製作完成，每一期都是一次挑戰。其中，要如何提出好的企劃，增加雜誌的可看性，更是每一期都要面對的艱難任務。尤其報

紙及電視的記者是就每天發生的新聞事件做報導，如果雜誌還再重複，那就是炒冷飯，所以雜誌以應以多種角度重新切入，雜誌給讀者的不再是純粹的新聞，而要以更多的角度出發，使讀者在閱讀相同的新聞，能有不同的觀點及感受。

一、雜誌企劃的擬定

在擬定企劃案時，一定要注意各項企劃重點要明確，尤其題目的設定上，幾個要素要清楚，那在執行上才可據以依循。

(一) 空間：

    1. 可依區域空間來歸納題目範圍。如國際性、全國性、地區性。範圍不同所訴求的重點就會有所差異。

    2. 可依樣本空間來歸納題目範圍。即所訴求的重點人物是那些人，如是一般大眾性、或某個集群、或具階層性，甚至是一些小團體或個人。所會關注的重點也會有所不同。

(二) 時間：

    1. 時代性：較討論的某一個較長的時代所出現的問題。

    2. 時期性：討論某一段時期所出現的問題。

    3. 某一時間性：針對一個特定時間出現的問題來設計。

(三) 題裁：則可依事、物、地、人等各面向做討論。

(四) 內容：是政治或社會或經濟性的主題。如同樣是介紹新加坡這個國家，可以針對其經濟實力討論，也可以就其社會的多元種族進行討論。

(五) 質趣：是問題取向或興趣取向的討論。如同樣是介紹人物，可由個人的專業去討論，也可以由個人的興趣去研究。

二、企劃的分類

（一）依時間分

1. 長期企劃

　　這在雜誌並不容易做，需看問題本身夠不夠大，否則不具長期企劃的價值。所以要企劃一個長期的題材，它必須是一個具豐富和多樣化的題材。

2. 短期企劃

　　這是指劃案的刊載是分上下或三至至四次刊完。

3. 單一企劃

　　這是指企劃是一次刊完，這種情況在各雜誌是最常見的。

（二）依形式分

1. 庫存資料：即是一種資料的整理。例如我們要介紹各國的皇室，依正常情形必須是蒐集各國的相關資料而成。又如在介紹各類武器時，多也是靠資料的蒐集。

2. 現場採訪：是雜誌最具吸引力及最具說服力的一種作法。這一般在周刊這類型重視時效的雜誌，會較常採這種方式。

3. 座談會，可是多人座談或兩人對談。這不管是政治問題、社會問題、或文化問題，都可以採用這種方式。

（三）依呈現方式分

1. 專題：這時常是夠份量的題目才足以做專題，且專題的設計常是採多篇式的，且內容會佔較多的篇幅，才稱得上是專題。

2. 採訪報導：多是現場的報導，著重其現場感。

3. 會議記錄：在呈現上，有時是一問一答的方式，有時是將其理後，以專文方式呈現。

三、企劃的建構

雜誌媒體最大的特點就是能夠透過追蹤報導而發展出獨家的新聞，或是新聞事件背後的內幕。在企劃時就應將新聞的屬性做區分，如是獨家新聞、熱門新聞追蹤或已知新聞的重新包裝。企劃內容時要思考的元素有故事、現場及現象、人物、圖片、專訪，執行時要做到平衡報導、提出質疑等。

一般企劃案中應包含的內容如下

(一) 執行時間：了解所需要的時間，才能掌握與刊物出刊時間的配合情形。

(二) 採訪人力：了解所需要的人力，才能掌握刊物的人力調配。

(三) 資料來源：是完全需要採訪或有相關資料可供查閱。

(四) 採訪對象：應先有人選及備選人選。

(五) 內文搭配組合：了解內文的搭配情形，才足以掌握照片、圖表的處理方式。

(六) 內容提要：即大致的寫作大綱。

(七) 所佔版頁：了解全部專題需要多少字數，才足以掌握採訪及寫作的需要。

(八) 其他支援：是指是否有其他單位配合，或是有何單位可提供相關資料等。

四、雜誌專題設計

企劃最重要的是要吸引讀者。有時一個被預計會大受歡迎的企劃，之後引起的迴響卻是褒貶不一。但不論如何，在企劃時還是有幾個注意事項：

(一) 讀者對象：需考慮市場導向。

(二) 題旨特性：如報導次數的多寡。

(三) 題目意義：即在所謂的新聞要素上，是否還具有報導價值。

(四) 可行性：必須配合人力、時間、資料、採訪難度等因素，來確定是否可行。

在企劃雜誌，對於內容規劃上，實際上在擬定編輯政策時會設計一些欄目，即可由各欄目的性質及走向上去思考更適合的專題，如此才可使雜誌的專題企劃與雜誌的整體風格相配合。

同時，一本雜誌由第一頁到最後一頁是有節拍及律動的，如先開胃菜、酒、主菜、過味菜、主菜、甜點、水果等。雖是主菜為重，但也不可忽略其他搭配的文章，才可使讀者依安排的律動，好好享受閱讀的樂趣。所以，在設計雜誌專題時，可依以下幾個原則來處理：

（一）依份量區分

1. 主要題材：如封面、特別企劃、深度報導、大特寫等。這些都當期雜誌的重要內容，也都會給較多的篇幅，也是當期雜誌的主要賣點。

2. 次要題材：設計一些比較不具新聞性的專題題材，但仍有特定的讀者。這些內容基本上是本期雜誌的次要內容，但仍是雜誌的賣點之一。

3. 零星片斷：一些小專欄如資訊、笑話等，或是一些短篇故事。
   這些專欄的呈現，可以活潑雜誌的內容，但如果因稿件太多
   而予以刪除，也不會有太大的影響。所以也形成如果稿擠時
   就會被抽掉的命運。

（二）依機動性區分

1. 具時效性題材：即以最具時效的題材來吸引讀者。這類題材
   也會是當期的賣點，因具新聞熱度。
2. 延續性題材：是一種具連載性質的題材，如連載故事、固定
   式專欄等。
3. 不具時效題材：即是配合版面的需要，設計出的搭配性
   文章。

以雜誌而言，其內容的搭配組合是一件很重要的工作。各個雜
誌在做編輯計劃時，都會依其頁數適當的調整單元比重分配。而雜
誌在內文內容規劃上，必須要多設計一些具可看性的文章，才能讓
讀者認為值得購買，並有值回票價的感覺。這最重要的就是在擬定
編輯政策時，應要先預設好一些具可讀性的欄目，以形成雜誌的特
色及賣點。

思考問題

1. 面對媒體市場的競爭壓力下，雜誌的因應之道為何？

實作作業

1. 如果你有機會創辦一本新雜誌，請撰寫一份企劃書。
2. 請依一本財經雜誌的編輯政策擬出一份適合執行的專題企劃案。

參考書目

王存耕譯（1990）。《桌上出版設計指南—如何設計編輯刊物》。羅傑派克著。授學出版社。

丘永福著（1991）。《圖文編輯》。美工圖書社編、邯鄲出版社。

余也魯著（1986）。《雜誌編輯學》。海天書樓出版新訂版。

余少麟　李洪瑩　劉偉興譯（1994）。《版面設計實用指南》。格雷厄姆　戴維斯著。台灣珠海出版。

余傑超譯（1989）。《編輯企劃－資訊化時代的編輯構成》。金久保通雄著。人間出版社。

宋偉航譯（1997）。《如何成為編輯高手》。吉兒戴維思著。月旦出版社。

李怡慧譯（1997）。《創意設計、編輯、印刷之寶典》。日本美術出版社（龍溪國際圖書）。

李凌霄著（1988）。《成功的編輯》。世界文物出版社。

沈怡譯（1987）。《創意編輯》。Jan V. White 著。人間出版社。

沈怡譯（1990）。《編輯探索》。Jan V. White 著。美璟文化有限公司。

洪儒文編著（2000）。《編輯教室》。台灣廣廈出版集團。

柳閩生著（1987）。《版面設計》。幼獅文化事業公司。

柳閩生著（1995）。《如何編輯雜誌──一本編輯人的實戰工具書》。開拓出版社。

陳崇茂編著（1997）。《編輯與文字的對話》。博碩文化出版。

曾協泰編著（1992）。《書刊編輯出版實務》。香港珠海出版。

齊若蘭譯（1998）。《編輯人的世界》。Gerald Gross 著。天下文化出版。

蔡鵬洋編著（1988）。《編輯手冊》。世界文物出版社。

羅莉玲編著（1991）。《編輯事典》。大村文化出版事業有公司出版。

第十一章　雜誌編輯製作

陳郁宜編寫

　　走進書局可看到架上陳列著各式各樣不同風格的雜誌，這些精美的成品，無論封面、圖片、標題等，都是經過一番設計、製作過程，每一部分都有其需要考慮的重點。

第一節　雜誌的組成

　　當我們拿起一本雜誌由外到內大致可分成封面、版權頁、目錄、編輯室報告、內文及廣告頁。

一、封面

　　雜誌的封面一開始只是封套作用，是為了保護雜誌的內頁，但現在已成為雜誌吸引讀者一項不可忽視的要素。它的功能有：

(一) 雜誌的推銷員，可利來吸引讀者的眼光進而加以購買。

(二) 賣點的展示台，可利用封面將內容做重點介紹，當期賣點可在封面上加以呈現。

(三) 特色的表達站，可利用封面的設計將雜誌的主題理念加以表達。

雜誌的封面形式上，大致可分成：

(一) 變動性的，是指每期重新設計，並針對當期的主題做不同的改變設計。

(二) 固定性的，是指每一期的雜誌封面都是一致的，最多只在色彩上做改變，如一般學術性刊物。

至於封面形式的採用會考慮到：

(一) 市場取向：若屬商業市場取向的雜誌，宜採變動性，利用封面吸引讀者；若屬學術性、知識性這類不屬市場取的雜誌，則宜採固定性封面。

(二) 考慮讀者群：如果雜誌的讀者群是界定在年齡層較低者，則較適合以活潑熱鬧的封面來吸引讀者，所以較應採變動性的封面。反之，若是年齡層設定較高，則採固定性的封面，讀者的接受度亦較高。

(三) 美工設計能力考慮：封面的設計是一項專業的技術，美工設計的能力不強，則不要採太花俏式的封面，以免自曝其短。

一般封面會放置的基本要素包含：

(一) 刊頭：即刊物名稱。可有中英文名字，LOGO。

(二) 當期雜誌主要內容介紹：這可利用標題來吸引讀者。

(三) 期數或卷期。

(四) 出版日期：有的雜誌在出版日期的處理上是採列出明確的出版年月日、有的會列出出版的期間、有的則會列出刊號。

(五) 價格，當有特價時會用特別大的字加以標示。

(六) 出版者。

(七) 製作條碼。

　　一本雜誌的封面在設計時需注意這些要素的安排，同時，刊物名稱、期數的位置、字體的大小最好能固定，否則會給人一種不穩定、沒有原則的印象。

二、版權頁

　　所謂版權頁是指書刊、雜誌的著作人和出版者之間的資料，紀錄於固定的一頁，稱為版權頁。

　　版權頁說明了整個雜誌的所有權歸屬及雜誌社內部的運作結構，而讀者可藉由版權頁對雜誌的法律地位、人事組織有一初步了解。

　　目前市場的雜誌在版權頁多包含雜誌名稱、雜誌的標誌、人事組織架構、和讀者溝通方式，如地址、電話、訂閱專線等、製版印刷和裝訂地點、登記字號、定價，甚至法律顧問。現更會加上 e-mail 信箱或網址。

三、目錄

　　目錄的刊物的目次說明。一般讀者可先透過目錄了解雜誌的內容，再做閱讀的選擇指南。透過目錄，讀者可藉由文章的標題、作者的名字來決定是否具有吸引力或閱讀價值。

　　編排目錄最主要的目的就是要具有閱讀指引的作用，所以，在編目錄時要注意目錄的編碼與內頁的排序一定要相符。如果發生目錄標明的頁數，但在翻閱時卻找不到，這時就失去編排目錄的意義了。

　　由於目錄的內容有篇名、頁碼等，有時並會放置一些圖片，所在設計上應注意不要使用太多種字體，以免干擾讀者的閱讀。畢竟目錄的功能還是以索引為目的，不要讓讀者眼花撩亂。同時，目錄

在設計上除了可用傳統的翻頁式設計外，如果在經費許可下，亦可採用折疊式或半頁式，甚至是雙折式的目錄型式，不僅新奇，也方便讀者尋找。

四、編輯室報告

這是當期雜誌的導讀。所謂的編輯室報告在各家雜誌所用的名稱不完全相同。有的就是用編輯室報告，有的是用編者的話，有的稱編輯手札或編輯小語。雖名稱不同，但在撰寫內容上不外是就當期雜誌的設計主題、重要內容提出介紹，讓讀者在閱讀整本雜誌前，能先對此期雜誌的內容有一初步的了解。還可包括的撰寫內容有：編輯概念、題材介紹、製作過程、提出的看法等。

五、內文主體架構

以雜誌而言，其內容的搭配組合是一件很重要的工作。各個雜誌在做編輯計劃時，都會依其頁數適當的調整各單元比重。而雜誌在內文內容規劃上，必須要多設計一些具可看性的文章，才能讓讀者認為值得購買，並有值回票價的感覺。最重要的就是在擬定編輯政策時，應要先預設好一些具可讀性的欄目，以形成雜誌的特色及賣點。同時，在每一期雜誌上，都要配合時令設計出有賣點的專題，才具有市場競爭力。

六、廣告

對媒體而言，其生存的主要經費來源就是廣告及發行，尤其廣告更可說是媒體的命脈，雜誌媒體自也不例外。現在廣告在雜誌的

份量也愈來愈重，如何安排廣告成雜誌的一項重要工作。對廣告主而言，廣告放置的位置是其刊登廣告與否的重要考慮因素之一，但對雜誌而言，廣告若能與內容，甚至版面設計配合是最好的。

第二節　雜誌版面的基本結構

在編輯一本雜誌前，其版面已做一定的設定，在編輯時予以遵守，才能使一本雜誌的呈現有其規則，進而表現出基本的美感。

一般而言，雜誌的版面基本結構有以下幾部份：

一、版口／或版心：是指一頁版面上排列文字的部份。

版心的大小與一本雜誌的開本有很大的關係，開本大，版心自然大，可容納的字數自然較多；開本小，版心自然小，可容納的字數自然就會少了。另外，如果版心大小固定，那字的大小就會影響容納字數的多少，字愈大可容納的字數就愈少，反之，若字愈小可容納的字數就愈多。

二、版邊：是指版頁上除去版心的地方，也就是版頁上除去編排文字的部份，也就是版頁上空白的地方。

對於四周留白的版邊，又可分成四部份：

(一) 上邊／頂邊。

(二) 下邊／底邊。

(三) 內邊／書背邊。

(四) 外邊／開書邊。

三、分欄：即是版心排列文字部份分割成若干面積，以利版面安排和閱讀。

欄數的劃分通常是依版本的開數來決定。傳統的內文都是安排成二欄或三欄，這是一種符合經濟效益的做法，三欄式的編排很適

合用於快速閱讀的雜誌，但也有呆板制式的缺點，所以可用兩種不同的欄位應用變化，來引發出版面設計的無限潛力及創意。

另外，分欄上有一些注意事項：

(一) 若欄數少，則欄與欄之間的空隔可以大些，欄數多，則欄與欄之的空隔可小些。一般在留空隔時是留一至三個字。

(二) 不同性質的文章最好以不同的分欄方式處理，而同一篇文章在轉頁時，分欄方式應與前頁相同，以求一致性。

(三) 專欄文章最好以變欄方式處理，以資識別。

(四) 無論分欄多少，版心的總長度不變。

四、行及字：版面內文的字體應是統一的字體。在市面上的雜誌在內文字的設計上大多是用細明體，其他字體較少在內文字體中出現。

第三節　雜誌版面的構成要素

這是指在版面的基本結構下，要把文章、圖片等編排至版面時，有那些要素是不可缺少的。

一、內文

這是整頁版面構成的主體。同時，這也是整本雜誌是否具可讀性的最重要因素。

雜誌由構思、設定主題、採寫、製作完成，每一期都是一次挑戰。其中，要如何提出好的企劃，增加雜誌的可看性，更是每一期都要面對的艱難任務。尤其報紙及電視的記者是就每天發生的新聞事件做報導，如果雜誌還再重複，那就是炒冷飯，所以雜誌以應以

多種角度重新切入，而雜誌給讀者的不再是純粹的新聞，而要以更多的觀點出發，使讀者在閱讀相同的新聞，能有不同的觀點及感受。

二、標題

製作標題的方法，基本上與報紙標題製作的原理原則相同，且在標題結構亦相似。而雜誌的標題常用的手法有：

(一) 問題式：如誰是台灣第一富？

(二) 敘述式：如防衛性選股，避開高負債公司、不會編預算，不要做轉投資。

(三) 比較式：如一年賺兩年薪水，最佳工作機會、反傾銷，台灣第一的最痛。

(四) 對比式：如總統級的享受，平民化的費用。

(五) 口號式：如只要一分鐘，工作更健康、財團是禍水，政客噴口水，老百姓淹大水。

怎樣才是一則好標題，一般有幾個條件：1、吸引人，能引起讀者的興趣及關心。2、篤實，能切中文章的性質及主題。3、內外如一，不誇張渲染及言過其實。

另外，各雜誌對於標題的用字上，也常會有一定的規定，即依內文文章性質使用不同的字體，並不是隨意搭配，如此才可造成雜誌在閱讀上的律動，而不會給人凌亂的感覺。

三、圖片

對印刷媒體而言，如何給予讀者視覺上的吸引，靠的就是圖片。而圖片並不侷限在照片，事實上，其他如圖、表、漫畫等都是可以美化版面的要素。

以現在電子媒體的快速發展，文字媒體要與之競爭，對於圖片的選擇與運用上，就必須更加用心。就以圖片中的最大宗照片而言，它是可以超越人種和地域限制的國際語言。照片的重要性就是要和讀者產生互動，所以照片要有現場感、真實感、共鳴感和美感，

四、作者姓名

這是一篇文章對讀者負責很重要的一個環節，因讀者可藉由作者是誰而決定對這一篇文章的信任程度。尤其是嚴肅性的刊物，更是注重作者是誰。

對於作者姓名應放在文章的什麼位置，一般有幾種做法：

(一) 放在文章最前面，而在選擇字體時，要注意和內文及標題做適當的搭配及區隔。

(二) 放在文章的最後，這種作法較少見。

另外，全本雜誌的作者處理方式應一致。即應用相同的字體及放置相同的位置。

五、頁碼

這是使目錄發揮查閱功能的必要部份。以一本雜誌在做最後校對工作時，一定要核對目錄與各頁的頁碼是否相符。

關於頁碼的位置安排上，大部份是放在下邊的左右角或中間，也有少數是放在上邊或開書邊，但較少見。甚至有人會在頁碼上加網襯底，以形成雜誌的特殊風格。

六、頁眉（眉注）

　　包括雜誌名稱、期數、出版年月日、篇名等項目。可以全部列出或只列出部份項目。

　　在頁眉的設計上，許多雜誌會多加設計，多留心，而在放置位置上，一般都是放在上邊。

七、結尾符號

　　其目的在使讀者知道一篇文章的結束。在設計結束符號時可考慮雜誌的風格，如音樂雜誌會以音符來做結束符號。

　　整個版面除了以上的要素外，其餘的部份就是空白，而適當的留白在版面的設計上是必需的。這是給版面開窗戶，讓版面適當的呼吸，可以讓讀者沒有文字壓迫感。且留白並不是指版面分割後，所留下不知如何使用的空間，正統的留白是版面設計一部份。妥善的留白是非常高明的編輯技巧，因一塊適當的留白，比一張照片還能表現版面的張力，空白得以讓眼睛休息，襯托內文，比對出版面的紮實感。如果應用得好，留白就版面設計中最便宜的利器了。

第四節　雜誌的版面設計

　　版面是由文字、圖片等各種版面要素所組合而成的，刊物編輯的主要工作是在傳達刊物的理念，而版面設計最重要工作就是要幫助讀者容易閱讀。在設計過程中可針對不同的讀者有不同的觀念及作法，即針對刊物的訴求對象來做規劃，但只有在文編及美編相互配合，才能將版面設計程現出最好的一面。

在進行版面設計之前，應先對視覺設計的基本原理有一些認識。因設計是由點、線、面三個基本單元所組的，透過對這三個單元的了解才能巧妙的安排在雜誌版面上達到閱讀上的視覺效果。點是視覺的空間單位，它會對視覺產生強烈的吸引力。例如版面上的大字，再透過小點組成的群體、間隔的密度，構成一塊視覺焦點。線是造形的表現，具有方向及導引作用，經由造形設計產生視覺性格和不同的效果。同時，線條的粗細、方向、結構更能表現出律動和情感。面也就是形式，利用幾何形或自由形等各種不同的形狀，就可以表現不同的調性。

如何利用點線面來形成視覺焦點，一般在注重版面美感或強調視覺效果時，可運用以下作法：

1. 平衡：這是達到版面整齊最主要的方法，這會給人穩定的感覺，但平衡不是完全的對稱，可以利用重量如色彩明暗、距離如線條粗細、力量如字體明暗強度、組織質感，如過網來處理等。
2. 對比：這是利用尺寸、形狀、調子、組織或方向的差異程度，達到加強的效果。
3. 和諧：這是利用設計元素的相互特性，取其共同條件，使類似、秩序、對比組成整體統一的和諧版面。
4. 焦點：這是要設計視覺焦點，如放一張大照片。

雜誌版面設計應掌握幾個基本原則：

1. 表現內容特色：可依其內容屬性是嚴肅或輕鬆、或其訴求的讀者不同而有不同的設計特色。
2. 吸引讀者注意：即讓讀者喜歡、願意閱讀，甚至多花時間閱讀，同時必須賞心悅目。
3. 方便讀者閱讀：用一種有秩序、有條理的呈現。換言之，必須能夠很自然地指引讀者、幫助讀者迅速地找資訊。

　　不同的雜誌依其性質會有不同的版面編輯風格，嚴肅或學術性的雜誌會較正規、死板，綜合、休閒娛樂類則會活潑、生動，這在雜誌決定編輯企劃及政策時就會決定。但如何開創出自己的雜誌風格是最重要的。但所有的設計最重要的就是要方便讀者閱讀，現有些雜誌太花俏了，但在閱讀會顯得吃力，對讀者反而是種負擔。

思考問題

1. 面對電子媒體，尤其是網路的威脅，雜誌媒體的生存愈來愈艱辛，你認為雜誌媒體如何在編輯上做更大的突破。

實作作業

1. 請比較不同類型（如學術 v.s.綜藝）的編輯手法及特色。
2. 請比較同類型雜誌（如綜藝或政論）的編輯手法及特色。

參考書目

王存耕譯（1990）。《桌上出版設計指南—如何設計編輯刊物》。羅傑派克著。授學出版社。

丘永福著（1991）。《圖文編輯》。美工圖書社編、邯鄲出版社。

余也魯著（1986）。《雜誌編輯學》。海天書樓出版新訂版。

余少麟　李洪瑩　劉偉興譯（1994）。《版面設計實用指南》。格雷厄姆 戴維斯著。台灣珠海出版。

余傑超譯（1989）。《編輯企劃-資訊化時代的編輯構成》。金久保通雄著。人間出版社。

宋偉航譯（1997）。《如何成為編輯高手》。吉兒戴維思著。月旦出版社。

李怡慧譯（1997）。《創意設計、編輯、印刷之寶典》。日本美術出版社（龍溪國際圖書）。

李凌霄著（1988）。《成功的編輯》。世界文物出版社。

沈怡譯（1987）。《創意編輯》。Jan V. White 著。人間出版社。

沈怡譯（1990）。《編輯探索》。Jan V. White 著。美璟文化有限公司。

洪儒文編著（2000）。《編輯教室》。台灣廣廈出版集團。

柳閩生著（1987）。《版面設計》。幼獅文化事業公司。

柳閩生著（1995）。《如何編輯雜誌──一本編輯人的實戰工具書》。開拓出版社。

陳崇茂編著（1997）。《編輯與文字的對話》。博碩文化出版。

曾協泰編著（1992）。《書刊編輯出版實務》。香港珠海出版。

齊若蘭譯（1998）。《編輯人的世界》。Gerald Gross 著。天下文化出版。

蔡鵬洋編著（1988）。《編輯手冊》。世界文物出版社。

羅莉玲編著（1991）。《編輯事典》。大村文化出版事業有限公司出版

第十二章　影音新聞企劃與製作

楊莉孫編寫

第一節　影音新聞的特色

　　提到「影音新聞」，大多數人的直覺反應就是「電視新聞」，的確，「電視新聞」是目前最主流的「影音新聞」，透過電視，在電視產生之前，重大的事件總有一些是在遠處發生，感興趣的公眾只有通過報紙上讀到這些事件，或者從廣播中，或是從他們已經獲知的朋友或鄰居那裏聽說這些事情。當人們在電視上看到美國的世貿雙塔被摧毀的現場畫面時；當看到德國的年輕人把柏林牆粉碎，並推倒它時；看到美國的戰機轟炸巴格達居民區時，如果同第二天在報紙上讀到這些報導相比，其感受和意義是完全不同的。人們看到看到德國柏林圍牆倒塌粉碎；美國的世貿雙塔被摧毀的現場畫面；看到美國的戰機轟炸伊拉克，甚至坦克車隊攻進巴格達市區……報社最好的寫手可以把這樣的時刻生動地再現，但毫無爭議，電視新聞的紀實性、同步性、現場性和可視性，讓公眾在第一時間通過新聞直播，感受到新聞發生或正在發生的過程，電視攝像鏡頭在這些情況下會顯得更有優勢，正是電視新聞獨有的傳播優勢而讓許多電視人引為自豪。電視新聞的紀實性、即時性、互動性等現場優勢，讓公眾在第一時間通過新聞直播，感受到新聞發生或正在發生的過程，讓電視新聞隨著各類傳媒的迅速發展，電視傳媒尤其是電視新聞對社會生活的巨大影響力和滲透力，已成為社會公眾有目共睹的事實。

　　除了電視這個傳統媒介之外,「影音新聞」也隨著科技發展,透過新興的數位媒體—網際網路、行動電話……等傳送出去,更因為頻寬條件的改善,逐步擴大影音內容的服務,尤其是 web 2.0 時代開啟後,個人式的影音紀錄或創作猶如雨後春筍般地蓬勃發展,「影音新聞」更擴大成為全民參與的條件,不僅歐美國家媒體廣為運用,2007 年,台灣的公共電視也推動「公民新聞」,讓所有的閱聽大眾都能藉由網路,將自己拍攝創作的新聞影片上傳到公視,直接參與採訪製作。

　　新興數位媒體的加入,豐富了「影音新聞」的表現形式,也強化了「影音新聞」的影響力,2007 年 4 月法國總統大選,民眾大量借重寬頻網路兼具視聽的特性,兩大政黨競選網站每天提供候選人競選動態錄影,供民眾上網收看,網路上 P2P 政治影片下載,從投票前六週每天三十萬次,到選前一週每天五十萬次,顯示影音新聞透過網路媒介的擴展性。

　　「影音新聞」在電視新聞時代,就以「影像」+「聲音」的獨特優勢,超越報紙(只有靜態的文字、照片)、廣播(只有聲音)等媒體,隨著數位媒體的擴大發展,「影音新聞」也將成為主流的新聞表現形式。

第二節　影音新聞的結構

　　電視是以「視覺」為主,視、聽同步,聲畫合一,再現客觀現實最形象、最生動的聲像藝術。以電視為概念的影音媒體是以「影像」(影)和「聲音」(音)兩大要素構成,利用影像、聲音的同步呈現,影音新聞能夠真實地將新聞現場還原表現,超越報紙、廣播媒體的侷限性,讓閱聽大眾更能體會新聞的真實感。

　　傳統新聞創作多以平面媒體的思考出發，主要是以「文字語言」為工具，由字、詞、句組合成文章作為內容；影音新聞創作則是以「影像語言」為工具，由一段一段的畫面單元剪輯成影片。創作者以攝影機取代筆做為記錄工具，在拍攝前和拍攝時，就要重視畫面的直接表現力，用強烈的捕捉意識去擷取，讓畫面語言在表現事件、過程、現場、人物之間關係及事件發生和發展方面，最大限度地傳播意念、思想、情感和內心世界的各種感受。

　　以下，我們進一步分析「影像」和「聲音」這兩大要素。

一、影像

　　影像是影音新聞構成的基礎，也是影音創作中最有意義、最強的元素，創作的出發點，要從影像去思考，讓整個內容發展像是畫面的流動，而不是先把文字寫好，在依文字內容配上影像而已。我們也可以這麼說，影像本身就像語言一樣，可以直接表達意念，就像美國「911」恐怖襲擊事件，至今我們仍能記憶電視新聞畫面裡，飛機從不同角度撞擊世貿大樓引起大火、人們從瓦礫塵煙中慌亂逃竄、世貿雙星大樓接連倒塌……等等具有強烈視覺衝擊力的影像。這些報導不需任何文字補充，人們就可以直接從影像中明白所有的表達。

二、聲音

　　在影音新聞裡，聲音其實也是影像所包含的一部份，我們經常使用來自現場環境的自然音（Nature sound，簡稱 NS），或來自受訪者表達的聲音（Sound bite），這些聲音當然是伴隨畫面而來，但有時卻更具有主導或強烈的輔助功能，成為獨特的要素。舉例而言，台灣的災難新聞常見到颱風報導，除了強風吹拂街道上物體的震動畫

面外，風聲的呼嘯程度更足以讓人感受到強風的可怕程度；又如社會新聞常見到的酒測臨檢報導，經常可以見到酒醉駕車者面對員警取締時所表達的荒謬對話，更突顯酒後駕車者喪失行為能力的危險。

目前，除了現場訪談之外，影音新聞大多是以預先剪輯錄製好的新聞帶作為主要的新聞內容，而這些新聞帶當然也是依「影像」和「聲音」兩大要素構成，依實務運作的需要，大致有四種類型：

一、SO 或 NS

SO 就是 Sound on，也就是 Sound bite，NS 則是先前提過的 Nature sound，這是將受訪者表達的內容，或一段完整現場自然音收錄剪輯下來，單獨成為一則新聞帶，使用時可以直接播放。

二、BS

就是 Background sound，是只有剪輯畫面但沒有配音的新聞帶，使用時，必須由現場主播直接幕後配音敘述新聞內容。

三、SO+BS 或 NS+BS

由前述的 SO（NS）搭配 BS 剪輯而成，也就是先有段涵蓋聲音內容的畫面，再配上純影像。這是在 SO（NS）不足以完整表達訊息時，再以影像搭配現場文字配音補助說明的新聞帶。

四、SOT

就是 Sound of tape，這是指組成所有需要的元素，將畫面剪輯完成，並完成旁白錄音（過音）的新聞帶，這樣的新聞帶已經可以完整表達一個新聞的主題，也是目前業界最常用的新聞帶形式。

第三節　影音新聞的寫作

談影音新聞製作，離不開新聞帶的表現方式，尤其是已經配好音的 SOT 帶。SOT 帶的製作則是以擷取現場音（NS）、受訪者聲音（sound bite）為要素，搭配記者旁白（OS）構成，因此，NS 或 sound bite 如何選用，與 OS 如何銜接，就成為影音新聞寫作的主要思考，因此，我們有理由認為在電視新聞片製作中強調畫面語言、文字語言並重，「畫」「聲」結合才符合電視製作的個性和特性的。製作時必須強調影像語言、文字語言並重，做到「影音合一」才符合影音媒體個性和特性。

影音新聞寫作時，和影像連動的 NS、sound bite 可以視為影像元素運用，真正必須藉由文字寫作輔助的內容，就是 OS 的內容。簡單地說，文字語言是畫面內容的提升、擴展、概括、昇華、補充，這就要我們要寫看不清，看不到的，不重複畫面已經給出的信息量。

可惜的是，自上個世紀電視問世以來，我國的電視新聞就一直存在著聲畫錯位、視聽兩張皮的現象。電視事業發展至今雖然已超過 40 年，但電視新聞因為大量依賴報紙新聞稿，寫作時往往過度強調文字資訊的堆砌，忽略了影像本身的主體性，經常可以見到與文字無關、缺少內在邏輯聯繫的畫面鋪陳，聽到近似朗讀報紙新聞稿的過音，形成所謂的影音錯位、視聽分離的現象，完全喪失電視新聞以影音為主的媒體性格。

要避免上述現象，在寫作時就要先根據影像的內容思考，搭好架構，環境的景觀環境特徵、物體顏色質感，被攝物件事物的運動變化、人物的情感變化、音容笑貌，這些可視性強、看得見的畫面，記者要盡力捕捉、發現。特徵、物體的形狀顏色質感，拍攝對象的運動變化、人物的情感變化、表情音容……等等，都是

影像表達的重點。環境特徵、物體顏色質感，被攝物件事物的運動變化、人物的情感變化、音容笑貌，這些可視性強、看得見的畫面，記者要盡力捕捉、發現能夠用 NS、sound bite，就不要 OS；畫面能表現的，決不留給文字解說，OS 則是影像表達的輔助，用來連動串聯其他各段畫面，不該反客為主，成為主要的表現元素。

　　資深的英國電視新聞工作者，同時也是傳播教育學者 Ivor Yorke 在他的著作《Basic TV Reporting》中，曾經針對電視新聞寫作做出簡單化、口語化、邏輯化和避免愚蠢等四個扼要的原則，這四個原則其實就是影音新聞寫作的基本要求，分別說明如下例如去年 9 月 11 號發生在美國的恐怖襲擊事件電視新聞，有一組飛機從不同角度撞擊世貿大樓的大樓起火畫面，人們奔跑的畫面，兩座大樓先後轟然倒塌的畫面，這條消息只用了很少的文字語言，但畫面給人們的視覺衝擊力和影響力都遠遠大於廣播、報紙。：造成電視新聞畫面語言和文字語言兩張皮的原因有很多，其中重要的一個原因就是製作電視新聞時先「聲」後「畫」，即播音員先將文字稿錄在磁帶上，然後圖文說字式的再貼畫面。

一、簡單化

　　電視新聞的受眾是普羅大眾，無論是多受歡迎、多具影響力、甚至具有特定主題的新聞節目，都是針對社會一般階層製作；不同於報紙可以鎖定社會領導階層為對象，定位為所謂的「質報」，電視新聞必須讓所有階層的觀眾不經思考就都能夠馬上看得懂。所以在寫作時，必須留意以下幾個電視語言的特質：

(一) 精確。

(二) 清楚。

(三) 簡單。

(四) 直接。

(五) 中立。

二、口語化

　　很多優秀的新聞工作者在寫電視新聞稿時，往往會把簡單的意念表達寫得過於混淆、容易懂的文句寫得過於文雅迂迴、直接的口語寫成生硬的官式語言，因為過度重視文字的表現，像寫文章般地文謅謅，不僅念起來不流暢，聽起來也不順耳。其實，口語化就是影音新聞稿最簡單的表現方式，基本的口語化寫作原則就是：

(一) 寫作前想清楚，想什麼寫什麼，就像說話一樣。

(二) 寫作後唸一遍，聽聽讀起來是否流暢，會不會拗口。

三、邏輯化

　　影音新聞是依畫面剪接合成，寫作時若不注意邏輯性，往往會因畫面跳接的影響，產生思緒跳躍的感覺，無法抓到重點。所以，寫作時必須有一個連貫的邏輯，才不會讓人看不懂，以下幾個原則對寫作邏輯化具有相當的助益：

(一) 盡可能依時序發展寫作。

(二) 用簡短的文句表達單一完整的意念。

(三) 明瞭自己寫的內容。

(四) 除非必要，否則不要直接引用官方檔內的文句。

(五) 總是提醒自己「我要說什麼」。

四、避免用字愚蠢

影音新聞是口語化的寫作模式，因此會套用許多生活詞彙，但有些詞彙可能會有隱含的意義，或不適合用口語表達，在寫作時要特別注意。例如：很多記者在連線或現場說明時，常把自己後方的景象描述說成「記者身後」如何如何……但「身後」有另一個詞意指「去世」，用起來往往讓人啼笑皆非；還有很多記者忌諱使用「死亡」的詞彙，喜歡用「往生」代替「去世」，但「往生」是佛教詞彙，對於沒有生命輪迴觀念的非佛教徒而言，這個詞彙就顯得不適當；兩性關係也是記者喜歡迴避，隱諱用語的寫作範圍，但往往把簡單的「發生性關係」寫成「做愛做的事」，看似迂迴，但口語表達後卻又更為直接，更顯得用字愚蠢。

第四節　影音新聞編輯

影音新聞的編輯模式，和受眾接收新聞內容的方式息息相關。傳統的影音新聞（電視新聞）是依節目時間的長短，排入要播出的新聞內容，依時間序採線性方式一則一則播出；新發展的數位影音媒體，除了像電視一樣，可以依播出的時間序採線性編輯模式以外，也可以像報紙一樣，採分版式的編輯模式，讓受眾依自己的喜好自由點選收視。

非線性的播出方式比較接近網路媒體的編輯概念，在本課程暫時不討論，我們主要討論的是傳統線性播出模式的影音新聞（電視新聞）編輯。如前所述，電視新聞觀眾必須按照節目的編排順序接收新聞內容，而新聞播出順序則是由新聞製作人和編輯事先決定的，這個播出序稱為 Rundown，也就是說，電視新聞編輯最主要的工作就是編出一份節目播出的 Rundown。

　　電視台的行政作業是採製作人制，通常一個新聞節目至少會有一位製作人負責督導所有製播作業，所以 Rundown 大多是由新聞節目製作人決定後，整個節目再依 Rundown 順序播出。在正式播出時，製作人應該要掌握整個播出節奏，就像報紙編輯確定版面一樣，電視新聞製作人要親自或督導編輯編排 Rundown，即列出各條新聞的播出順序，掌握每條報導的確切時間長度，因為新聞節目要有精確的起始和結束時間，準時開播，並且確保節目按照預定時間進行，準時將時段交接給下一段節目。新聞播出過程中，如果其中某條新聞超出預期時間長度，製作人（或編輯）要決定刪減哪些內容；相反地，如果內容時間不足或某條新聞被取消，他們也必須選取其他新聞填滿空檔。

　　電視新聞節目既然是依照 Rundown 播出，播出的順序通常是依照製作人所認為的當天主要新聞開始，再依新聞的重要性大小，依次遞減播出。不過，製作人有時也會因節目時段的整體效應考量，把非比尋常或比較重要的新聞放在稍後播放，但在前面作預告的方式簡單帶過，使觀眾保持興趣，繼續收看。實務上，我們可以把 Rundown 編輯模式該分為「分版式」、「滾筒式」兩大類，分別說明如下：

一、分版式

　　電視新聞雖然不像報紙一樣，可以分版選擇閱讀，但編輯的基本觀念就是會把同性質的新聞集合在一起，所以，儘管電視新聞採線性的時間序播出方式，但還是會有相關新聞集合的分版現象，觀眾可以參照過去的收視經驗，得知不同性質新聞可能的播出時間。在綜合台播出的新聞，因為時段單一，前後之間通常是其他性質節目，比較不考慮觀眾的流動性，所以採分版式編輯模式較多。

二、滾筒式

考慮到觀眾收看新聞時，未必會準時加入，再加上轉台效應，為了吸納不同時間加入的觀眾，重要或有吸引力的新聞通常會被重複運用，鎖住收視。舉例來說，某一重要新聞可能被切割成五則新聞帶，除了主新聞外，另有四則搭配新聞，這時編輯可能將整個新聞分成全部播五則和主新聞搭配兩則新聞作為一掛（總共三掛），在最多收視時間一次播完五則，前後半小時各播三則的方式運用，等於在一個半小時內，這一重要新聞就像滾筒滾動一樣，被反覆播送三次。在新聞台主時段播出的新聞，由於同性質頻道接近，觀眾轉台機率高，採用滾筒式編輯模式較多。

無論哪一種編輯模式，電視新聞編輯最主要的考量都是留住觀眾，因此，在新聞播出時，製作人和編輯也會留意同業電視台當時的播出內容，加上電視新聞又有即時性，常常會插播來自現場的最新連線消息，所以，新聞 Roudown 往往是一邊播出一邊修改，不斷考驗製作人和編輯的臨場反應。

思考問題

1. 影音新聞具有強大的紀實性，透過鏡頭畫面，閱聽大眾彷彿親眼見到新聞現場似地，但「眼見是否為真」？影音新聞有沒有受人為操弄，片面的斷章取義，甚至偽造作假的可能？

2. 即時性是影音新聞另一個重大影響特性，在電視新聞時代，大量的 SNG LIVE，將新聞現場即時送到電視機前，滿足了閱聽大眾所得資訊的速度感，卻也發生粗製濫造、查證不足等重大缺憾。數位時代來臨後，即時性更強，問題會不會更嚴重？

3. 新聞的互動性，一直是媒體追求的目標，除了訪問、CALL-IN 外，在數位時代，影音新聞媒體還能創造出什麼樣的互動模式？

4. 「影像」雖然是影音新聞的主要表達元素，但很多時候新聞內容沒有足夠的畫面可以表現，這時該如何處理新聞？

5. 電視新聞裡，常可見到所謂的「模擬畫面」，為什麼記者要這樣處理畫面？這樣運用畫面會不會使新聞失真？

6. 影像之外，新聞畫面也常運用圖表或電腦動畫，這些元素的主要功能是什麼？使運用時有沒需要注意的地方？

7. 新聞帶的格式中有所謂的 SO+BS，會不會有 BS+SO？為什麼？

8. SOT 是台灣各家電視新聞主要的使用內容，國外的電視台是否也這樣使用？彼此操作模式的差異是什麼？

9. 依賴報紙資訊是影音新聞寫作不佳的最大因素，請思考報紙內容為什麼會對影音新聞寫作造成傷害？既然如此，影音新聞為什麼又那麼地依賴報紙？

10. 電視新聞工作者張星照（新疆電視台）在評論電視新聞寫作實務問題時，曾提到「聲話錯位」和「聲話兩張皮」兩大缺失，請就台灣現有的電視新聞內容思考比較，是否有類似的問題？

11. Ivor Yorke 所提的四個寫作原則，看似簡單，但為什麼實務上仍有那麼多的新聞工作者做不到？

12. 新聞編輯的主要課題就是吸引觀眾收視、留住觀眾，有沒有可能為了爭取收視，過於譁眾取寵，犧牲了新聞判斷的專業？

13. 台灣擁有非常高密度的電視新聞，有八個專業新聞頻道相鄰且全天候播放新聞節目，他們編輯策略有無差異？操作成效又是如何？

14. 播出的新聞重覆率經常被討論，請思考新聞為何會反覆被選排播出，這樣的操作是否合宜？

實作作業

1. 選擇某一新聞事件，試比較各家新聞台的操作差異。
2. 上網搜尋影音新聞網站，舉出一個網站名稱、提供新聞的方式，並試分析其發展性。
3. 一則影音新聞，選取三家以上新聞台的新聞帶（SOT），將內容各元素分解，分析各台記者寫作內容優劣。
4. 一個主題，實際採訪、拍攝、剪輯，製作一支影音新聞專題帶。
5. 一篇報紙新聞稿，先將引述內容改成 SO，然後將整篇新聞改寫成影音新聞稿。
6. CNN 一則社會新聞，再錄下臺灣任何一家新聞台的相關題材新聞，比較兩則新聞的結構及寫作內容差異。
7. 到八點主時段新聞，依其播出序列各別列出 Rundown，試分析其編輯模式及評比成效。
8. 新聞台晚間六點到八點主時段新聞 Rundown，並簡述你的編輯概念。

參考書目

方毅華〈2007〉。《廣播電視編輯原理與實務》。中國：廣播電視出版社。

牛隆光、林靖芬〈2006〉。《透視電視新聞—實務與研究工作談》。台北：學富文化。

馬西屏〈2007〉。《新聞採訪與寫作》。台北：五南圖書。

孟　建〈2007〉。《廣播電視寫作》。中國：廣播電視出版社。

張星照〈2002〉。《電視新聞片製作畫聲結合好》，《視聽天地》第二期。中國：新疆廣播電影電視局新疆廣播電視學會。

葉春華譯〈2000〉,《錄影製作—觀念、原理與科技》。Herbert Zettl 著。台北：亞太圖書。

Ivor Yorke. (1997) .*Basic TV Reportings*, England：Focal Press.

Melvin Mencher. (1997) .*News Reporting and Writings*, N.Y.：Brown & Benchmark Publishers.

第十三章　知名國際媒體

許志嘉編寫

　　全球知名媒體非常多，為了讓新聞傳播科系學生對於全球媒體有基本的了解，本章特別簡介了全球較知名的國際媒體，提供一個比較全面的廣泛國際知識，讓同學們更了解國際社會還有哪些知名的媒體。

　　事實上，國際社會已經出現媒體集團化，很多知名媒體都歸屬於某一個媒體集團，本章重點並不在於介紹大的媒體集團，但在於個別的媒體的介紹。主要介紹報紙、通訊社、廣播電視與雜誌四大類媒體中的知名國際媒體。

第一節　知名報紙

　　本節將針對國際上比較知名的報紙進行簡介，這些報紙多數都具有很長久的歷史與信譽，有些則是發行量特別大，或影響力很大，本節將挑選十份報紙予以介紹。

一、《紐約時報》（The New York Times）

　　紐約時報創刊於 1851 年，可說是全球最受到敬重的報紙之一，幾乎所有新聞傳播科系教師在介紹報紙時，都會推薦的一份報紙。這份報紙強調自己的專業性，以嚴謹的編輯風格受到敬重，報

紙上所標示的「所有的新聞都適合於印刷（All The News That's Fit to Print）」，便說明了這份報紙所重視的品質。

1851 年 9 月 18 日，一名美國新聞記者雷蒙（Henry J. Raymond）以及金融業者瓊斯（George Jones），獲得銀行家魏斯萊（Edward B. Wesley）贊助，於紐約創立《紐約每日時報》（New York Daily Times），6 年後改名為《紐約時報》（羅篁、張逢沛合譯，1960：194）。當時紐約的一分錢報大行其道，因此雷蒙決心創辦一份最好的廉價報紙（何毓衡譯，1965）。

經過多年的努力，《紐約時報》逐漸成為一份受到敬重的報紙，甚至成為全美、全球都重視的報紙。《紐約時報》的版面風格四平八穩、正經八百，風格莊重穩健。頭版的特色有三：一是版型穩重，重點突出；二是選題精當，照顧周全；三是篇幅很長，一律轉版。在選題方面，頭版堅持從全球範圍衡量新聞的重要性，頭條選擇時常與其他報紙不同。報導方面，為求完備詳盡的重要體現，該報以長文居多，頭版及內頁皆如此，但一般只在獨家新聞和特殊重大事件時才以長文呈現，亦成為該報的傳統（辜曉進，2004）。

《紐約時報》不僅編製品質良好，發行量也相當高，美國報紙發行量調查組織「發行量稽核局（ABC）」2007 年公布的全美前 200 大報紙發行量排名調查，其中《紐約時報》周日版發行量達 162 萬 7062 份，為全美第三大報，平日的發行量也在 110 萬份以上。

二、《華盛頓郵報》（The Washington Post）

《華盛頓郵報》創刊於 1877 年 12 月 6 日，發行人為胡金斯（Stilson Hutchins），早期為一份 3 分錢的 4 頁報刊。其後經營數度易手，主要多成為政黨政治人物工具，因而發行一直不是很好。

　　1933 年，面臨破產的《華盛頓郵報》被迫賣給聯邦銀行董事長尤金‧邁爾夫婦（Eugene Meyer），邁爾接手後便大力提高編輯質量，堅持不偏不倚的「超黨派」立場，並聘請李普曼（Walter Lippmann）等一批知名專欄作家寫稿，使報紙面目一新，5 年後銷售量便達 10 萬份左右，《Time》週刊曾稱該報為「十大名報之一」（辜曉進，2004）。

　　作為美國政治中心華盛頓特區發行的報紙，《華盛頓郵報》有其重要影響力，甚至有美國學者稱，不管是哪個黨派的國會議員，其桌上必有《華盛頓郵報》，顯見這份報紙的重要性與影響力。《華盛頓郵報》受到敬重，與其調查報導的深入有關，1966 年該報對水門事件（Watergate scandal）的揭露報導，最後導致尼克森（Richard Nixon）總統下台，及 1971 年該報又公布了五角大廈文件（Pentagon Papers），報導越戰的重要機密內容，引起新聞自由與國家安全的探討，受到重大關注。這 2 次著名的報導使華盛頓郵報聲名大漲，建立其良好的形象（辜曉進，2004）。

三、《華爾街日報》（The Wall Street Journal）

　　《華爾街日報》創刊於 1889 年，由美國道瓊公司創辦的報紙，是美國唯一全國性的財經類報紙，風格嚴謹，海外辦有《亞洲華爾街日報》和《歐洲華爾街日報》，風評都相當好，是一份受到各界重視的報紙。

　　在全球報紙版面強調色彩、變化的潮流中，《華爾街日報》堅持使用傳統簡單的報紙版面。《華爾街日報》的頭版有三方面在美國是獨一無二的：一是紙型最寬，超過美國所有報紙的寬度，寬達 38.5 公分，而《紐約時報》為 34 公分，《今日美國》經過一再壓縮，目前最窄，為 31.5 公分。該報的欄也寬，兩邊接近邊緣，給人版

面容量特大的感覺。二是幾乎沒有圖片，該報曾經給「今日新聞」欄加上小刊頭插圖，但沒多久就被認為浪費空間而且取消。三是沒有破欄或跨欄的標題，所有新聞都在一欄內走完，沒編排完的以轉版的方式處理（辜曉進，2004）。

美國報紙發行量調查組織「發行量稽核局（ABC）」2007年公布的全美前200大報紙發行量排名調查，《華爾街日報》每日發行量平均達206萬8439份，為全美第二大報。

四、《今日美國報》（USA Today）

《今日美國報》創刊於1982年，是一份相當年輕的報紙，但卻是美國發行量最大的報紙，也是美國唯一綜合性的全國大型日報，它隸屬於美國第一大報業集團甘尼特公司（Gannett Company）。

《今日美國報》的成功是強調全彩化，編輯簡短新聞，以滿足需要資訊，但又沒有時間大量閱讀資訊的現代讀者，由於這樣的特性符合了許多中產階級與上班族的需求，使得今日美國報發行量大增，成為美國第一大報。

五、《泰晤士報》（The Times）

1785年創刊的《泰晤士報》是英國歷史最悠久、影響力最大的報紙之一。1875年1月1日華爾德一世（John Walter I）創辦時，當時取名為《每日環球紀事報》，1788年更名為《泰晤士報》。1803年由創辦人之子約翰‧華爾德二世接管經營，將該報從4頁增張至12大頁，1848年再交由其子約翰‧華爾德三世管理時，《泰晤士報》已奠定作為英國全國性日報的聲譽基礎。1822年創辦擁有獨立編輯部的週報《星期泰晤士報》（The Sunday Times）。

　　《泰晤士報》與《衛報》、《每日電訊報》並列為英國三大報，而《泰晤士報》歷史最為長久，也長期被視為英國最重要的大報，甚至是世界性的大報。1981 年知名的澳洲媒體鉅亨梅鐸（Rupert Murdoch）購得《泰晤士報》，成為該報的老闆。

六、《真理報》（PRAVDA）

　　《真理報》1912 年創刊於俄羅斯聖彼得堡，當時是共產黨辦的一份地下報紙，只包括列寧在內的 3 名工作人員，1918 年俄共革命成功，《真理報》成為正式黨報在莫斯科出版，1918～1991 年間成為蘇聯共產黨機關報。

　　作為黨的機關報，《真理報》成為蘇聯時期最重要的一份報紙，為國家進行宣傳與教育工作。蘇聯時期與《真理報》齊名的另一份報紙為《消息報》，《消息報》主要是報導國際關係的問題為主。冷戰時期，西方與蘇聯相互批評，西方國家出現「真理報中無真理，消息報內無消息」的說法，對蘇聯官方媒體提出戲謔式批評。

　　作為黨機關報時期，《真理報》發行量達 1000 萬份以上，不過，1991 年蘇聯解體後，《真理報》讀者銳減，1992 年 3 月一度停刊，同年 4 月復刊，目前該報仍堅持黑白版面發行，爭取民眾支持，雖仍有一定影響力，但已不復當年的盛況。

七、《圖片報》（BILD）

　　1952 年創刊於德國漢堡的《圖片報》是歐洲發行量最大的報紙，創辦人是德國最大的書商史普林格（Axel Springer），當時是模仿英國的《每日鏡報》創辦這份報紙。《圖片報》的創刊號為免

費發送，印製了 25 萬份，第二年發行量就突破了 100 萬份，到 1960 年代突破 400 萬份，1980 年代超出 500 萬份，近 20 年來發行量約保持在 450 萬份左右（陳力丹，2005）。

《圖片報》的風格以圖片為主，圖片約占報紙版面的一半，均為彩色，版面以紅、白、藍對比色系為主，版面搶眼，因此爭取到很多讀者的青睞。

八、《世界報》（Le Monde）

1944 年創辦的《世界報》是法國最有聲望的報紙之一，是由貝爾・伯夫梅理與一批獨立報人共同創辦，同時確立四大原則：國際視野、保持品質、維護獨立、信守承諾，而以保持品質為核心。該報的辦報思想和風格是：政治上獨立，不依附於任何報團，也不接受政府津貼，圖片較少，不刊登黃色新聞，多以分析性的解釋新聞居多（劉行芳，2004）。

《世界報》強調獨立辦報的傳統風格，深獲知識份子的喜愛，發行量約 60 萬份。《世界報》的發行不限於法國，全歐洲、北美及大多數非洲國家都有它的訂戶，是一份層次較高、具有國際影響力的報紙（鄭園園，2003）。

九、《讀賣新聞》

《讀賣新聞》創刊於 1874 年，是日本明治時期初期為適應迅速現代化的日本社會，對於日語報紙需求而出現的報紙。近十年來，世界報協公布的全世界發行量排名前五位的報紙中有四份是日本的報紙，其中，《讀賣新聞》以 1400 多萬的發行量位居世界第一（光明日報，2008）。

　　《讀賣新聞》日發行量之所以能創下世界第一的記錄，主要是因為該報在日本全國擁有龐大的銷售網絡，而關鍵點在於這些銷售店都是獨立經營、核算的，因此，銷售商會全力將報紙銷售出去。當然，《讀賣新聞》能夠作為全球發行量最大的一份報紙，也與日本人民喜愛閱讀有關，全球發行量第二大的《朝日新聞》，發行量也超過 1200 萬份以上。

十、《金字塔報》(Al-Ahram)

　　《金字塔報》1875 年創刊於埃及亞歷山大，是阿拉伯國家中最早創報的報紙，也是埃及最有影響力、銷售量最高的報紙。目前，《金字塔報》已發展為龐大的報業集團，除《金字塔報》外，還出版《金字塔晚報》，並用阿拉伯文、英文、法文等文字出版 10 多種周刊雜誌，內容涉及政治、經濟、文化、社會、家庭、軍事、體育等諸多領域，同時，也出版發行具有相當深度的社科類研究叢書和戰略發展報告。

　　《金字塔報》2006 年的日發行量約為 110 萬份，全埃及有5500 多個發行點。埃及政府為保護新聞報業發展，除減免《金字塔報》企業所得稅外，還規定每份報紙售價，以讓人人買得起報紙。

第二節　知名通訊社

　　聯合國教科文組織 1953 年出版之「通訊社：它們的結構和運轉」一書中定義：通訊社是一種企業，它的主要目標是蒐集新聞和新聞材料，它的唯一宗旨是表達意見或提供事實，發給一些新

聞企業，並且在特殊情況下也發給私人，以便在收和符合商業法律和規定的情況下，向它們提供盡可能完全和公正的新聞服務。從聯合國教科文組織的定義中可以發現，通訊社就是提供新聞服務的單位，在國際媒體發展中，通訊社扮演重要作用，因為它提供的範圍常常是全球性或跨區域性的，影響力也就特別大。

在知名的國際通訊社中最為人熟知的就是四大通訊社（Big Four）：法新社、路透、美聯社和合眾國際社，在 1970-80 年代，四大通訊社提供了全球 80％以上的國際新聞，對國際社會影響很大。冷戰結束後，合眾國際社經營下滑、影響力下降，中國大陸新華社號稱取代合眾國際社為新四大通訊社之一，但並未受到國際的採用，一般提到的四大通訊社仍然是指前述的四大。

本節將先介紹四大通訊社，再介紹其他較重要的通訊社。

一、法新社（Agence France Presse, AFP）

法新社前身是創立於 1835 年的哈瓦斯通訊社，哈瓦斯通訊社是全球最早成立的通訊社。1815 年法國人夏爾路易・哈瓦斯，將外國報紙重要新聞和經濟訊息選譯出來，復印多份，提供給商業界和銀行界，開始了最初的通訊社工作。1825 年，擴大服務業務，1835 年正式成立哈瓦斯通訊社。1929 年經營不善，被法國政府接管，1944 年成立法新社。

由法國政府接管後的法新社基本上是個半官方的通訊社，法國政府基本上可以控制法新社。作為半官方通訊社的法新社，於 1984 年成立視聽部，開始向電台和電視台提供錄音新聞；1995 年與法國巴黎電視台三台合作，開始提供電視服務。

二、美聯社（Associated Press, AP）

美聯社的前身是港口新聞聯合社，1848 年 7 家紐約報紙為節省開支，成立了港口新聞聯合社。1850 年，成立電訊與一般新聞社。1857 年，整合兩機構，成立紐約新聞聯合社。此期間，美國各地先後出現類似新聞合作組織。1900 年，全美各地新聞聯合社合併，成立美國新聞聯合社，簡稱美聯社。

美聯社是一個合作性質的通訊社，它的老闆也是它的客戶，因此，維持正常的業務運作並不困難，也由於擁有美國的大市場，也就成為重要的通訊社。目前美聯社的成員包括全美國 1700 多家報紙，6000 多家電台及電視台。除了美國的老闆兼客戶外，美聯社在海外還有 8500 多家訂戶，分布於 110 多個國家和地區。為了發展業務，美聯社也積極走向廣播電視發展，1994 年成立美聯電視（APTV），1998 年，成立美聯電視新聞社（APTN）。

三、路透（Reuters）

路透係 1851 年由德國移居英國的保羅‧朱利葉斯‧路透（Paul Julius Reuter）於倫敦創辦。初時僅提供股市交易行情，兩次世界大戰，得到英國政府支持，迅速發展成為四大通訊社之一。1984 年股票上市，成為上市公司，也是四大通訊社唯一的上市公司。

路透可說是全球最大的通訊社，員工超過 16000 名，全球設置 180 餘個分社與記者站，以 20 多種文字，向 160 多個國家和地區播送新聞。路透主要提供金融市場為主的各類訊息，用戶 90％以上是金融機構、工商企業。

四、合眾國際社（United Press International, UPI）

合眾國際社的前身是1907年創辦的合眾社和1909年創辦的國際新聞社；1958 年，合眾社與國際新聞社合併為合眾國際社。合併後的合眾國際社在冷戰期間能夠提供多樣國際新聞，受到國際社會重視，因而擠身四大通訊社，成為全球重要的資訊提供者。

冷戰結束後，合眾國際社的營運出現問題，影響力日益下降。

五、其他通訊社

除了前述四大通訊社之外，國際知名的通訊社仍相當多，以下僅簡介部分知名通訊社。

前蘇聯時期，社會主義陣營最重要的通訊社是塔斯社（TASS），當時塔斯社作為蘇聯的國家通訊社，所發布的消息對西方國家而言，非常權威，也是需要參考的重要消息來源。但隨著蘇聯的解體，塔斯社的影響力下降，俄羅斯時期，俄國成立俄羅斯通訊社（簡稱俄通社），後來，將俄通社與塔斯社合併成為俄通社—塔斯社（ITAR-TASS）（簡稱俄塔社）。

歐洲地區較知名的通訊社還包括西班牙的埃菲社（LA AGENCIA，EFE）、德國的德意志新聞社（DEUTSCHE PRESSE AGENTUR，DPA）以及義大利的安莎通訊社（AGENZIA NAZIONALE STAMPA ASSOCIATA，ANSA）。這些通訊社由於過去殖民時期語言和文化的優勢，在中南美洲、非洲、歐洲有相當的影響力。

日本的共同通訊社（簡稱共同社）則是亞太地區重要的通訊社，作為全球第二大經濟體，共同社因為發展權威的日本消息和海外消息，因而也具有重要的影響力。

至於中東地區最重要的通訊社則以埃及的中東通訊社為（MIDDLE EAST NEWS AGENCY，MENA）代表，作為中東地區的重要國家，埃及的中東社在中東地區具有重要影響力。

第三節　知名廣播電視台

全球知名廣播電視台相當多，但礙於篇幅，本節主要介紹美國三大電視網、英國廣播公司、日本放送協會及有線新聞網等知名廣播電視台。

一、全國廣播公司
（The National Broadcasting Company, NBC）

成立於 1926 年 11 月 15 日的全國廣播公司（NBC），是全美國最早成立的全國性廣播電視網，1965 年 NBC 最先播出彩色電視節目。1950 年代 NBC 創立的兩個名牌節目《今天》與《今晚》，被傳播學者布朗稱為電視實況的最佳範例，現今有許多新聞性訪談節目都是效仿這兩個節目。

NBC 一向以大膽創新節目而著名。各種類型的新聞節目都多有嘗試，且均擁有不錯的收視率。NBC 的新聞節目比起另外兩家美國全國性商業電視網來，顯得比較細緻、平穩。它既不像 CBS 那樣有長期的嚴肅新聞報導的傳統，又不像 ABC 充分利用電視畫面的優勢"炒作"新聞，贏得收視率。（王緯，1999）

二、哥倫比亞廣播公司
（Columbia Broadcasting System, CBS）

哥倫比亞廣播公司（CBS）成立於 1927 年，是全美三大電視網第二個成立者，CBS 自 1955 年開始奪得全美電視收視率第一後，維持此地位長達 21 年，因為專注於新聞領域的經營，長期以來，CBS 一直是美國最具權威性的電視新聞機構之一。

1986 年美國電視業衰落時期，CBS 新聞部經歷了一次大規模裁員。隔年 2 月，為減省開支，又進行史上最大裁員。1987 年底到 1988 年，CBS 的新聞收視率又回到了三大電視網的首位，但 CBS 的晚間新聞不再像從前那樣擁有絕對的優勢地位。（王緯，1999）

三、美國廣播公司
（The American Broadcasting Company, ABC）

美國廣播公司（ABC）成立於 1943 年，原本是 NBC 的一部分，由於美國聯邦通信委員 FCC 規定，NBC 將藍色網讓出，成立 ABC。在美國全國性的三大電視網中（NBC、CBS、ABC），ABC 起步最晚，為了爭取廣告，ABC 把黃金時段節目製作成適合年輕的、城市的、成年的觀眾群收看。

ABC 的新聞節目從歷史上來說，一直是三大電視網中力量最弱的。當 ABC 在 1970 年代中期開始，在黃金時段娛樂節目收視率上取得巨大的進展，成為黃金時間收視率的第一位後，才積極加強新聞部的力量（王緯，1999）。

四、英國廣播公司
（The British Broadcasting Corporation, BBC）

英國廣播公司（BBC）成立於 1922 年 11 月 14 日，由英國六家無線電廣播公司和電器製造公司聯合創立，1927 年被英國政府收歸國有，成為國家廣播公司。1936 年 BBC 開始電視節目的定期播出，使英國成為第一個播出黑白電視節目的國家，BBC ONE 是世界上第一個電視台，是一個節目大眾化的頻道，提供戲劇、紀錄片、遊戲節目、新聞節目。1964 年 BBC TWO 開播，是歐洲第一個彩色電視頻道，以娛樂節目為主。

根據英國皇家憲章規定，BBC 不得做商業廣告，不廣播有報酬的節目。其經費主要來源於政府的電視機執照費，對外廣播的經費由政府撥款。BBC 是全球最有影響力的媒體機構之一，它享有政府特許的收取執照費權力，擁有 2 個全國性電視頻道、5 個全國性廣播電台、35 個地方性電台、3 個數位平台、一個非營利性的網際網路、數位廣播、文件系統、兩個收費並有廣告的國際衛星廣播網，加上澳洲的 UKTV，全球訂戶超過 6,200 萬戶，公司在全球有 2 萬 7 千多名員工（Simons Lo，2007）。

五、日本放送協會
（Nippon Hoso Kyokai, NHK）

日本放送協會是由東京廣播電台（日本第一家廣播電台）合併大阪廣播電台和名古屋電台，在 1926 年組成的國家廣播機構，亦即日本廣播公司。是日本唯一的公共廣播電視機構，以製播正確、公正和豐富多彩的優質節目為基本使命，屬於公共廣播電視性質。NHK 是公共電視台，沒有商業性收入，因此她的主要

預算 97%是來自民眾的收視費，3%是政府的預算編列（徐耀魁，2000）。

目前 NHK 在日本全國各地共設有 54 個廣播電視台，總部位於東京。另外在世界各地還設有 32 個總局和支局，其中亞洲總局設於北京，美洲總局設於紐約，歐洲總局設於倫敦。NHK 負有國際廣播任務，1935 年開始投入國際廣播 Radio Japan，提供 22 種語言廣播，包括日語、英語等。每天向全球播出 65 個小時的節目。

六、有線電視新聞網
（Cable News Network, CNN）

有線電視新聞網（CNN）成立於 1980 年，創始人為記者出身的泰德・納透（Ted Turner）。CNN 是美國最大且專門播送新聞的電視公司，也是世界上最早出現的國際電視頻道之一。

CNN 的全球電視觀眾超過 10 億，以 12 種語言播出，在全球 42 個大城市擁有超過 150 名專業通訊記者，全部海外工作人員超過 1 千人。靠著遍布全球重要城市的記者站，CNN 每天都能獲得即時播出的豐富新聞資訊，1996 年 CNN 隨著母公司納透廣播公司歸入時代華納旗下。世界上已經有 110 個國家與 CNN 簽訂合約，600 多家電視台購買 CNN 的電視新聞，觸角伸及世界各地（Tony Tang，2007）。

第四節　知名雜誌

全球知名雜誌相當多，由於篇幅的關係，本節將以發行量最大的雜誌和新聞性雜誌為主要的介紹範圍。

一、《讀者文摘》（Reader's Digest）

1922 年，華萊士夫婦（Lila Bell Wallace and DeWitt Wallace）以 1800 美元的資本在紐約一家小酒店的地下室創辦了《讀者文摘》雜誌。1939 年底，《讀者文摘》的第一份國際版在英國出版。二次世界大戰以後，迅速進入發達國家的發行市場，並佔有穩固的一席之地。1947 年，10 種文字版本的《讀者文摘》銷售量共達 469.8 萬份。《讀者文摘》目前在全球 60 個國家和地區以 21 種語言發行 50 種版本，期發行量達到 1800 萬份（美國本土 1000 萬份），全球讀者人數達 8000 萬人，是全球讀者人數最多的雜誌（葉新、李鵬、樊文靜，2007）。

《讀者文摘》是全球發行量最大的雜誌，是一本文摘性質的刊物，將全球各地蒐集來的文章整理編輯後刊印，獲得全球讀者的喜好。

二、《時代雜誌》（Time）

1923 年 5 月，兩名耶魯大學的畢業生亨利‧盧斯（Henry Luce）和布萊東‧哈登（Briton Hadden），籌集 10 萬美金作為新雜誌的基金，創辦了《時代》雜誌。《時代》強調新聞的個性，文娛資訊翔實而豐富。盧斯和哈登認為，美國人資訊太閉塞，他們忙得不能親自搜集資訊，於是又特別注意挑選一周最重要的新聞事件供讀者參考。他們把各項事實加以條理化，解釋事實，告訴讀者怎樣思考問題。時代的編者從來不主張客觀主義，他們把自己的觀點加到新聞裡去（魏龍泉，1999）。

封面人物是《時代雜誌》的一大特色，每年 Time 選出的年度人物都引起全球的關注，成為其發揮影響力的一項重要指標。

三、《新聞週刊》(Newsweek)

《新聞週刊》是《時代》第一批外國新聞編輯湯瑪斯・馬丁（Thomas J.C. Martyn）於 1933 年 2 月 17 日創辦。這本雜誌與《時代》開本相同，也把新聞分成相似的欄目。但是，它的報導強調客觀，還有若干署名專欄。1937 年，此時，他們把《新聞週刊》的名字用英文連字來表達「NEWSWEEK」，非常醒目好記，有自己的突出標記。1961 年，這本刊物以 90 萬美金賣給《華盛頓郵報》。

《新聞週刊》有多個欄目，一般每期安排 8-9 頁國內報導，8-9頁國際時事，7 頁經濟新聞，其餘篇幅談宗教、電影、音樂、舞蹈、教育、醫藥衛生，還有新書介紹。國際時事和經濟在雜誌中佔有重要地位，約占 40％的篇幅（魏龍泉，1999）。

四、《美國新聞與世界報導》(U.S. News & World Report)

《美國新聞與世界報導》的前身是 1933 年由記者勞倫斯（David Lawrence）創刊的《美國新聞》(United Sates News)，6年後他又創刊了《世界報導》(World Report)，1948 年他將《美國新聞》和《世界報導》合併成為《美國新聞與世界報導》。《美國新聞與世界報導》是美國三大新聞週刊之一（前兩大新聞週刊為《時代》和《新聞週刊》），主要報導範圍涉及美國國內與世界範圍內的政治、經濟、軍事和文化，是一份政治經濟綜合性雜誌。

《美國新聞與世界報導》最被熟知的是每年針對美國大學、研究所及醫院所進行的年度排行報告，這份報告在教育界與醫學界都具有很大的影響力。

五、《經濟學人》（The Economist）

《經濟學人》於 1843 年 9 月由詹姆士‧威爾遜（James Wilson）創辦，創辦的目的是「參與一場推動前進的智慧與阻礙我們進步的膽怯無知之間的較量」，這句話被印在每一期《經濟學人》雜誌的目錄頁上。《經濟學人》從 1950 年代起發行量才有起色，直到 70 年代，發行量才突破 10 萬份，並開始走向國際。二次世界大戰以後，開設著名的「美國概況」專欄，並于 1956 年向美國華盛頓派駐了第一位駐外記者，並逐步擴大行銷網路，《經濟學人》週刊也在歐美大陸逐步佔據了相當穩固的市場，銷售量都超過了英國。

一般把《經濟學人》視為週刊雜誌，因為它每週出刊一次，並用雜誌專用的光面紙印刷，但《經濟學人》則認為自己是一份報紙。

六、《遠東經濟評論》（Far Eastern Economic Review）

《遠東經濟評論》創刊于 1947 年，與《華爾街日報》和《亞洲華爾街日報》並列為道瓊斯公司（Dow Jones & Company）旗下三家主要平面媒體。1960 年代中期到 1990 年代初的鼎盛時期，《遠東經濟評論》曾被公認為亞洲最有影響、最權威的國際性新聞期刊之一。

2004 年 10 月 28 日，《遠東經濟評論》的母公司、總部在美國紐約的道瓊斯公司宣布，擁有 58 年歷史的遠東經濟評論由周刊改為月刊。

思考問題

1. 全球知名的報紙有哪幾家，試說明之。
2. 何謂 big four？
3. 全美三大廣播電視網是哪幾家？
4. 全美三大新聞性雜誌是哪幾家？
5. 全球最早播出黑白電視節目的是哪家公司，試簡介之。

實作作業

1. 請同學分成若干組，針對教師課堂上所介紹的國際知名報紙、廣播電視、通訊社及雜誌，挑選出若干家，請同學蒐集相關資料，製作成一份報告，繳交報告並向全班進行口頭報告。

參考書目

Lo, Simons (2007)。《BBC 英國最大電視廣播機構》。台北：華立文化。

Tang, Tony (2007)。《全球新聞霸主 CNN》。台北：華立文化。

王緯（1999）。《鏡頭裡的第四勢力──美國電視新聞節目》。北京：中國傳媒大學出版社。

李明水（1986）。《世界新聞傳播發展史──分析、比較與評判》。台北：大華晚報出版社。

何毓衡譯（1963）。《紐約時報一百年》。台北：新聞天地。

林添貴譯、Diamond E.著（2004）。《天下第一報：紐約時報》。台北：智庫文化。

徐耀魁（2000）。《世界傳媒概覽》。重慶：重慶出版社。

陳力丹（2008）。〈歐洲發行量最大的報紙──德國圖片報〉,《新聞實踐》,
　　2005 年第 1 期,頁 61-62。

辜曉進（2004）。《走進美國大報－探索媒體競爭力的第一現場報導》。
　　台北：左岸文化。

葉新、李鵬、樊文靜（2007）。〈《讀者文摘》的品牌拓展之路〉,《傳媒》,
　　2007 年第 1 期。

劉行芳（2004）。《西方傳媒與西方新聞理論》。北京：新華出版社 2004 版。

鄭園園（2003）。〈法國世界報的改革實踐〉,《招商周刊》,2003 年第 29 期。

魏龍泉（1999）。〈《時代》和《新聞周刊》你追我趕──美國雜志瑣談之
　　四〉,《出版發行研究》,1999 年 2 期。

羅篁、張逢沛合譯（1960）。《美國新聞事業史（上）》。台北：世界
　　書局。

第十四章　著名華人媒體

陳萬達編寫

第一節　著名華人報紙

一、台灣媒體

（一）中國時報

　　原名《徵信新聞》的《中國時報》是余紀忠於 1950 年創辦，後來更名為《徵信新聞報》，並轉型為綜合性報紙。1968 年 3 月 29 日，《中國時報》開始彩色印刷，為亞洲第一份彩色報刊，並於同年更名為《中國時報》。在台立足近六十個年頭的《中國時報》，一直都是台灣最具影響力的綜合性報紙之一。

　　2002 年 6 月，中國時報集團收購中天電視台，又於 2005 年 12 月 24 日收購國民黨黨營媒體：中國電視公司、中國廣播公司與中國電影公司（簡稱三中），成為同時擁有電影、有線電視、無線電視的跨媒體集團。

　　2008 年是中時集團變化最大的一年。先是在 6 月 18 日宣佈大裁員，版面也由十三大張，縮為十大張，並宣佈走向精英報路線。同年 11 月，旺旺集團董事長蔡衍明擊敗壹傳媒，拿下中時集團經營權，改名為「旺旺中時媒體集團」。

（二）聯合報

媒體人王惕吾於 1951 年 9 月 16 日創立《聯合報》，是臺灣報業的龍頭之一。當時為由《全民日報》、《民族報》及《經濟時報》所組成之聯合版，至 1953 年三報正式合併，成為今之《聯合報》。

發行方面，《聯合報》自 1951 年創刊後，至 1959 年取代黨、公營報紙的優勢，成為方時臺灣發行量最大、最具影響力的報紙，優勢一直持續到 1989 年 1 月 1 日臺灣報禁解除後的幾年。近年臺灣報業競爭空前激烈，在受到《蘋果日報》、《中國時報》、《自由時報》等強大的挑戰下，閱報率已不若以往，但仍是臺灣地區前四大報紙之一。

《聯合報》立場有偏向保守派的情形，可以由社論、記者特稿、報紙投書，及先前對美麗島事件、刑法一百條及青春達人國中生性教育學生自學手冊之看法得知。

（三）自由時報

《自由時報》的前身名為《自由日報》，於 1987 年改為現用報名，創辦人為林榮三，是台灣「四大報」之一，《自由時報》是一份最尊重台灣人意願，並追求新聞真相的報紙，由報頭標語為「台灣優先，自由第一」，便可窺之一二。不阿諛，不偏袒，不渲染，是自由時報在言論與新聞上的特色。自由時報只對歷史負責，目的就是在發揮「第四權」的監督精神。而自由時報的發行量與閱報率，持續居全國第一，顯示受到廣大讀者的肯定。

《自由時報》亦成立電子報中心，希望透過自由電子新聞網，讓全球每一個角落都了解台灣所發生的事情。自由電子新聞網秉持《自由時報》一貫的理念，以立足台灣，關心全球的精神，透過網際網路，提供網友們最具可看性的新聞。

（四）蘋果日報

《蘋果日報》於 2003 年 5 月 2 日創刊，首創國內報業全年 365 天出報的紀錄，並提供讀者每日二十四小時無休的讀者報料投訴與服務熱線。也是國內唯一一家接受中華民國發行公信會（Audit Bureau of Circulations，ABC）稽核發行量的報社。

質量兼具的《蘋果日報》自創刊以來，獲得廣大讀者群的支持，同時，報紙品質也獲得曾虛白新聞獎（2004 年）、SOPA（亞洲出版協會）、IFRA（亞洲媒體獎）等多項國內外新聞報導、視覺、印刷大獎的肯定。

《蘋果日報》的核心宗旨為真實、創新、貼近讀者需求。此外，為服務貧困弱勢民眾，蘋果日報捐款成立蘋果日報慈善基金會，專門提供需要急難救助的人度過難關。

《蘋果日報》母公司為香港上市企業壹傳媒有限公司（Next Media），在台灣的姊妹刊物為全國發行量最大雜誌《壹週刊》，以及捷運免費報《爽報》。

二、香港媒體

（一）大公報

1902 年 6 月 17 日在天津法租界首次出版，其創辦人是英斂之（同時也是輔仁大學倡議者之一，屬清末保皇黨）。英斂之在創刊號上發表《〈大公報〉序》，說明報紙取大公一名為「忘己之為大，無私之為公」，辦報宗旨是「開風氣，牖民智，挹彼歐西學術，啟我同胞聰明」。英斂之主持《大公報》十年，政治上主張君主立憲，變法維新，以敢議論朝政，反對袁世凱著稱，成為華北地區引人注目的大型日報。

現今《大公報》的報導立場與其他大報相比，政治色彩較為濃厚。已經偏離「新記」大公報時期的「四不主義」，早已失掉了當年的獨立精神，成為一家親北京方面的報紙。

《大公報》雖然在歷次政治事件中都有明顯的觀點和態度，但卻是提供了研究中國近代政治發展的重要史料。

（二）文匯報

香港《文匯報》是一份香港全社會的綜合性主流大報，讀者定位主要是香港社會各界精英。目前，在香港平均每日出版十五大張六十版；除在香港發行外，還即日運銷中國，並在東南亞各國、北美洲出版九個不同的海外版，日發行量超過四十萬份。

今日的香港《文匯報》，文字內容力求詳盡豐富、生動活潑，為港人喜聞樂見；版面設計時尚精美，得到同行稱讚；全彩印刷精緻絢麗，深受廣大讀者讚賞。

香港《文匯報》的新聞報導，始終堅持「全面、客觀、及時、準確」的原則，其權威性得到香港及國際間的肯定和認同，因此獲得香港特區政府指定為刊登法律性質廣告的有效刊物。據權威機構調查顯示，香港《文匯報》的公信力近年大幅提升，躍居全港媒體的前列。

（三）東方日報

東方報業集團是香港最重要的報業集團，是一家上市公司，擁有《東方日報》、《太陽報》和入門網站 on.cc。《東方日報》於 1969 年由馬惜珍創刊，至 1977 年開始成為香港銷量最大和讀者人數最多的報紙。集團下的另一日報——《太陽報》於 1999 年創刊，以年輕讀者為主要對象。

　　on.cc 不斷開創先河，除《東方日報網頁》及《太陽報網頁》外，更推出《東方日報電子報》及《太陽報電子報》，將原份報章在網上重現。並在 2005 年 12 月設立全港首個傳媒手機網站《流動地帶》（wap.orisun.com）、每日廿四小時不斷更新的即時新聞、股票股價、足球賽果等，網友可隨時免費下載閱讀。

　　在 2008 年東方報業集團，推出免費網上電視台《ontv》，提供評論及投資分析節目，以及第一手新聞及娛樂生活片段，完全突破地域和平面媒體的局限，跨時空、傳資訊的目標。

三、大陸媒體

（一）人民日報

　　《人民日報》為中國共產黨中央委員會機關報，是中國最具權威性及影響力的全國性報紙。首份在 1946 年 5 月 15 日於河北省平山縣西柏坡中共華北局發行。該報在全球以三個版本發行，分別為內地版、香港版及海外版。其中以香港版的內容最為豐富，內地版的內容最少。以前的海外版是用繁體字發行，但在 1990 年代以後，改為簡體字發行。

　　現時全球約有三百萬至四百萬固定讀者的《人民日報》，為服務廣大的讀者，於 2007 年開設手機報，內容以《人民日報》網站為主。

　　《人民日報》是宣傳黨中央精神和中國政府最新政策、決定的傳聲工具，其社論是中共中央的最高指示，正因為如此，其社論往往改變了中國大陸的歷史，亦反映了中共對事件的處理意見，都被外界視為揣摩中國大陸政府及共產黨內部權力鬥爭和決策的少數渠道之一。

（二）解放軍報

《解放軍報》是中國人民解放軍總政治部出版的機關報紙，其主要的讀者對象為解放軍和武警部隊，預備役部隊的民兵，軍工戰線，黨政機關，大中院校，圖書資料室，以及所有關心國防建設的人們。

《解放軍報》大力宣傳馬列主義、毛澤東思想，鄧小平理論；宣傳黨中央、中央軍委的決策、指示，形成了以政治立場堅定、軍事特色鮮明的報紙。

每天出刊的軍報，每逢週一、三、五各有不同主題。週一的「時事週刊」，主要報導國內、國際時政方面的焦點、社會新聞和趣味新聞等。週三的「軍事科技週刊」是追蹤世界軍事風雲，傳播軍事科技知識，披露軍事新聞背景，展示中國軍隊風貌。週五的「文化週刊」則是給讀者提供文化休憩地，使官兵在訓練之餘得到文化的陶冶。

第二節　著名華人通訊社

一、台灣媒體──中央通訊社

中央通訊社於 1924 年在中國廣州成立，隸屬於當時的國民黨宣傳部，1996 年 7 月 1 日改制為財團法人中央通訊社後，逐漸蛻變為公眾所有、獨立經營的公共媒體，是台灣是國家民主化的可貴表徵。

中央社以正確、領先、客觀、詳實的新聞專業，為國內外大眾媒體及各界人士提供提最新、最快的國際及國內新聞訊息服務，並且擴大與國際新聞通訊社的合作，增進國際新聞交流。

　　2002 年 7 月之後，中央社進行全新改革計劃，以「提昇資訊品質」、「強化業務能量」、「改善組織體質」為三大改造重點，將中央社由一個「公務型」的財團法人轉變為「企業型」的財團法人，並且重新確立以「華文通訊事業的領導品牌、台灣新聞媒體的價值標竿」為使命，期許發展成為數位時代「媒體中的媒體」。

二、大陸媒體──新華社、中新社

　　中國有兩家通訊社，一家為官方的新華通訊社（簡稱新華社），另一家為半官方的中國新聞社（簡稱中新社），兩家通訊社各兼負著不同的職能。

　　新華社成立於 1931 年，在世界各地有一百多個分社，地方頻道分佈全國三十一個省市自治區。新華社是中文（漢語）媒體的主要新聞來源之一，每天二十四小時滾動發稿，同時使用英文、法文、西班牙文、俄文、阿拉伯文和葡萄牙文發稿，可見其影響力之大，榮獲中國「最具影響力網站獎」、「中國網站最具影響力品牌」的稱號，更列入全球網站百強內。

　　新華社前身是創建於瑞金的「紅色中華通訊社」，1937 年在延安改為現名。新時期新華社的職能主要有四種：一是黨和人民的耳目喉舌；二是國家通訊社；三是消息總匯；四是世界性通訊社。

　　相較於新華社來說，成立於 1952 年的中新社是中國以對外報導為主要新聞業務的國家級通訊社，屬於半官方通訊社，由中華人民共和國政府控制。主要服務對象是以台港澳同胞、海外華僑華人和與之有聯繫的外國人。

　　中新社擔負的職能是：對外新聞報導的國家級通訊社，世界華文媒體信息總匯，國際性通訊社。履行職能主要通過四種形式：一

是傳統形式的報導，包括文字、圖片、專稿等；二是新形式的報導，主要是網路、資訊、視頻、手機短信等；三是對海外華文報紙供版；四是社辦報刊。

中新社建有多渠道、多層次、多功能的新聞資訊發佈體系，每天 24 小時不間斷向世界各地播發文字、圖片、網路、視頻、手機短信等各類新聞資訊產品。客戶和合作夥伴遍及世界各地。

第三節　著名華人電視台

一、台灣媒體

（一）無線電視台──台視、中視、華視、民視

在有線電視未普及前，台灣電視頻道只有無線電視三台：台視、中視、華視，也就是俗稱的「老三台」，「老三台」在台灣電視史上具有舉足輕重的地位。

臺灣電視公司，是台灣第一家電視台，簡稱「台視」、「TTV」，為台灣地區五家無線電視台之一。

1961 年 2 月 28 日，「台灣電視事業籌備處」成立後，即與富士電視台、東芝、日立、NEC 等四家日本公司談判，共同參與台灣電視公司的籌辦事宜。在 1962 年 4 月 28 日成立台視，同年 10 月 10 日正式開播。

台視過去是隸屬於臺灣省政府的公營事業機構，精省後臺灣省政府所屬行庫所持有的台視股權轉移至中央政府部門。2000 年政黨輪替後，政府持有台視等無線電視台股權的議題開始成為焦點。在政府努力推動黨政軍退出電視台後，2006 年 1 月 18 日，《無線電視

事業公股處理條例》正式公告實施，台視依此開始進行民營化工作。2007 年，政府以及日立等日本企業持有的台視股權陸續釋出；同年 9 月 6 日，台視在興櫃市場上市，非凡電視成為台視的最大股東，台視也正式完成民營化。

中國電視公司（簡稱中視）成立於 1968 年 9 月 3 日，奉中國國民黨總裁　蔣公指示，以中國廣播公司為中心，結合民營廣播電台及部份有志於電視事業之工商文化界人士，共同集資創辦，並於 1969 年 10 月 31 日正式開播。

中視開播以來為我國電視事業寫下許多紀錄。首先，中視的開播，改變了台灣地區電視獨家播映的局面，並一次完成全省電視播映網路，全部以彩色播映，將台灣地區電視由黑白帶入彩色的時代。並於民國 88 年 8 月 9 日，中視股票公開上市，成為國內第一家股票上市媒體，為我國電視事業開啟跨世紀的新頁。

另外，中華電視公司（簡稱華視）成立於 1971 年 10 月 31 日，由教育部、國防部、企業界人士以及僑領等共同投資。因為這樣的資金背景下，華視除了製播新聞、娛樂、公益節目外，另外也負責製播教育節目，如空中高中、高工、高商，在職教師進修、大學選修等課程。

華視創立時，僅獲分配 VHF 頻道，由於原有的 VHF 頻已不敷教學使用，民國 72 年由行政院核准撥配 UHF 頻道，華視為當時國內唯一擁有 U.V 雙頻的無線電視台。

近年來，依據政府媒體公共化政策，華視於 2006 年 4 月 1 日加入公共廣電集團，以發揚公共價值及擴大公共服務為經營使命，製播更符合社會需要及可闔家觀賞之優質節目。

為因應社會大眾對電子媒體開放的需求，新聞局於 1993 年對無線電波頻道開始鬆綁管制法令，在沒有任何大財團支持下，以前所未有的全民認股方式，民間全民電視公司（簡稱民視）終於 1997

年 6 月 11 日順利開播，成為第四家無線電視台，也是台灣歷史上第一家民營無線電視台。

民視以傳承台灣本土文化為使命，並以『來自民間，屬於全民』的理想，以開創台灣電視新紀元的神聖使命自許。故民視以本土化節目為主軸，做出成功的市場區隔，自 1998 年底『春天後母心』八點檔連續劇一砲而紅後，民視接連推出『將心比心』、『長男的媳婦』等八點檔，只要收視率好，集數就愈長，其中『飛龍在天』更長達二百一十二集。

隨著傳播科技數位化浪潮下，民視於 2004 年 5 月推出史上第一個屬於行動通勤族的數位化的「台灣交通台」，讓觀眾隨時隨地都能收看民視節目。

（二）有線電視台──東森、中天、TVBS

民國 1993、1994 年是台灣有線電視的關鍵年，立法院通過了有線電視法外，與有線電視有關的政策也一一浮現，奠定了今日有線電視蓬勃發展的基礎，也使得台灣的有線電視市場，從此進入戰國時代。雖然台灣到目前為止有一百多個頻道，但仍是以東森、中天及 TVBS 所經營的家族頻道為最大宗。

東森媒體集團（英語譯名：Eastern Multimedia Group），一般簡稱為東森，是台灣最大的有線電視媒體之一。早期由王令麟創立，隸屬於力霸集團之下；2007 年力霸爆發掏空弊案後，改以美商凱雷為集團最大股東。

起初，王令麟於 1991 年創辦「友聯全線」公司（英文簡稱 UAC），專門供應合法版權的錄影帶給有線電視系統業者。直到 1993 年才設立國片、洋片及卡通頻道，更名為「力霸友聯全線傳播事業股份有限公司」。1997 年 9 月，取成語「旭日東昇」之義，

正式改名為「東森電視台」，並逐步拓展電影、戲劇、綜藝、幼教等節目領域。

除了經營電視台外，東森也代理英國 BBC、法國 TV5、德國之聲、澳洲 ABC、韓國阿里郎、新加坡 Channel News Asia 等六家境外頻道。

中天電視股份有限公司（中天電視；CTi Television），是屬於中國時報集團的台灣有線電視網，旗下有中天新聞台、中天綜合台、中天娛樂台三個頻道及中天國際台、中天亞洲台兩個境外頻道。

1997 年 1 月 30 日，中國電視公司與象山集團（Wisdom Group）成員木喬傳播事業股份有限公司合資設立中視衛星傳播股份有限公司，同年 4 月 2 日開播。前後歷經，傳訊電視時期、和信企業團時期、象山集團時期、中國時報集團時期。

創立時，中天定位是以全球華人為目標觀眾的新聞頻道與新知頻道，所以中天頻道在各節新聞都有加註繁體中文字幕，這也成為中天最大的特色。

TVBS（聯意製作股份有限公司，或稱「無線衛星電視台」）是台灣第一個衛星電視台，於 1993 年 9 月 28 日首播，台灣本土第一個衛星電視頻道正式發聲！TVBS 乃香港電視廣播有限公司（TVB）及台灣年代集團合資創立，其後年代因財困而退出，遂轉由 TVB 全資擁有。

TVBS 主要於台灣從事電視節目製作、電視頻道傳送及出版之業務，基於母公司是香港電視廣播有限公司（TVB）之便，TVBS 混合了香港式的營運模式和製作技術，運用香港 TVB 的電視媒體資源，引進自家製的港劇，再配合台灣當地文化與主持人才，製作台灣的節目，使節目更多元化。

二、香港媒體——鳳凰衛視、亞洲電視

鳳凰衛視的前身是衛星電視（即現時的「星空傳媒」）旗下的衛視中文台，於 1991 年開播。其後，衛星電視被魯伯特‧默多克的新聞集團收購，隨即進行改組。在 1996 年一分為二，分拆為新成立的鳳凰衛視中文台（對大陸和香港廣播）和之前的衛視中文台（只在台灣地區廣播）。

該電視台是少數幾個獲得中國大陸部分地區落地權的境外媒體，更是首家海外電視台獲准在中國合法廣播。近年來，鳳凰衛視在中國大陸的影響力日益增強，不過相較與以前向亞洲播出的衛視中文台來說，其覆蓋面縮小了不少，因為之前的衛視中文台已經進入了全國的有線電視系統，而不是只有珠江三角地區。

提到香港電視台，不得不提到亞洲電視台（簡稱亞視），亞洲電視台於 1957 年成立。它不僅是香港第一家電視台，也是全球第一家華語電視台，覆蓋面廣及香港、澳門、廣東及北美近一億觀眾，不單是香港的主流媒體，更是亞洲地區具有影響力的電視台。

自 1989 年亞視經過多次易手，經營每況愈下，旺旺集團在 2009 年入股亞視，注入資金，但交易後仍不影響查懋聲家族的控股地位。

隨著內地與香港之間的更緊密經貿關係安排（CEPA）的實施，亞視將以「立足香港、推近內地、成為泛珠三角最具影響力的媒體」為新定位。

三、大陸媒體——央視

中國中央電視台（簡稱中央電視台、中央台或央視，China Central Television，CCTV），與國際大型電視傳播機構不同之處是，央視屬於國家事業單位體制，採用企業化管理模式，也是中國官方

最重要的宣傳力量之一。同時其濃厚的官方身份是否會影響新聞真實性，也受到諸多質疑。

　　1958 年 5 月 1 日，央視前身為「北京電視台」（並非現今的北京電視台）開始試播，是中國第一家電視台。同年 9 月 2 日，正式開播。北京電視台每周僅播出 3 次，每次 30 分鐘，節目訊號範圍僅限北京地區。1978 年 5 月 1 日，經中共中央批准，北京電視台改名「中央電視台」。1985 年，央視全部節目實行欄目化播出。1988 年 3 月，允許播放商業廣告，其廣告收入在中國同行業排名第一。1996 年，央視升格為國家「副部級」事業單位。

第四節　著名華人雜誌

一、台灣媒體——《天下雜誌》、《遠見雜誌》、《商業周刊》、《讀者文摘》

　　1981 年 6 月，台灣第一本專業的新聞財經雜誌的《天下雜誌》誕生。當時，正值中美斷交之時，擔任《華爾街日報》駐台灣記者的殷允芃，認為台灣需要以經濟發展走出困境，因而創辦該雜誌。創刊號，引起廣大迴響，兩天內全部銷售一空，一個月連續再版三次。

　　由於言論客觀公正，報導深入淺出，以及觀念領先，27 年來連續贏得國際及國內大獎，包括亞洲出版業協會（Society of Publishers in Asia, SOPA）新聞大獎、國家級的優良出版品獎項「金鼎獎」及獎勵新聞專業的「吳舜文新聞獎」等，更曾被紐約時報譽為「台灣經濟發展的縮影」，是台灣獲獎最多、品質最受專業肯定的雜誌媒體。

　　1986 年高希均、王力行及張作錦創辦《遠見雜誌》，以「傳播進步觀念」為己任，關心台灣關注世界，關心現在關注未來，用財經知識拓展前瞻視野，以人文養分積累素質品味，多年來深受海內外讀者的肯定。每期《遠見雜誌》都細心策畫，扣緊社會的脈搏，反應大家的心聲。2007 年獲得七項國內外大獎，為財經雜誌樹立新標竿。

　　《商業周刊》1987 年 11 月創刊，是台灣發行量最大的財經周刊，獲獎無數，同是也是台灣最具影響力的雜誌之一。其讀者群包括：企業高階決策者、企業中階管理幹部、掌握機會的創業家、審慎觀察的投資者、分析經濟的思考者等。

　　《商業周刊》經過國際組織 ABC 發行量稽核認證，稽核期間（2008.7.1～2008.12.31）數字為：平均每期有費發行量：153,868份，已從台灣平面媒體的菁英「分眾市場」，正式邁入「大眾市場」規格，榮登台灣菁英雜誌銷量榜首。

　　隨著讀者需求與華文刊物市場的變化，《商業周刊》已從單純的台灣觀點，擴大著眼兩岸三地，如從 2006 年每年公布台灣「1000大」企業，至 2007 年開始，擴及成為「兩岸三地 1000 大企業」。

　　1922 年，華萊士夫婦（DeWitt and Lila Wallace）出版第一期《讀者文摘》。當時雜誌以郵購方式發售，售價二十五美分。剛開始時，編輯室就在格林威治村華萊士夫婦的公寓裡，印數不過五千本。到了今天，讀者文摘有限公司已發展成為全世界銷售最廣的雜誌，以二十一種語言發行五十個版本，銷售範圍超過六十個國家和地區，但仍敵不過金融海嘯的影響，讀者文摘於 2009 年進行裁員。

　　《讀者文摘》中文版出版已逾四十年，其間連續五年獲亞洲出版業協會表揚，1999 年起連續三年榮獲中文媒體「傑出雜誌獎」，2002 年並獲頒中文媒體「傑出專題報導獎」，2003 年更獲中文媒體「傑出雜誌」榮譽獎及中文媒體「傑出專題報導」優異獎雙重殊榮。

不同於《天下雜誌》、《遠見雜誌》及《商業周刊》的路線,《讀者文摘》收錄的文章,以「文章雋永,歷久彌新」,幫助讀者掌握快速增加資訊,解決日常生活遇到的問題和今日的搜索引擎的功能相似。

二、香港媒體——《亞洲週刊》、《開放雜誌》

《亞洲週刊》創刊於 1987 年 12 月,是全球第一本國際性中文時事週刊,由隸屬時代華納集團的《Asia week》創辦。到 1994 年時代華納將擁有權轉讓給明報集團,股權才由外資轉移到華資手中。2001 年 TOM.COM 入股 50%,成為公司擁有人之一。

《亞洲週刊》每年獨家推出「國際華商 500」的排行榜,贏得讀者及商界高度評價與重視,引據為重要參考資料。此外,《亞洲週刊》亦推出「中國大陸 100 大上市企業排行榜」,為讀者提供在中國投資的參考資料與數據。

《亞洲週刊》報導的內容常在華人社會中往往引起巨大的回響,每年均獲得不少新聞獎項,1996 年,《亞洲週刊》憑《國民黨捐給白宮 1500 萬美金》,成為首本獲得紐約的保護記者委員會頒發「國際新聞自由獎」的國際性中文時事雜誌。

另外,於 1987 年 1 月創刊的《開放雜誌》是香港的一份中文政論雜誌,以報導中國局勢著名。該雜誌主要發表一些傾向民主自由、回顧近現代史的文章,有時還能發表一些中國中陸政局的秘聞,其中撰稿人不乏許多在海外的中國民運人士。

《開放雜誌》長年關注中國人權問題,每期都有文章報導中國人權狀況,或披露中共踐踏人權的歷史舊帳,因此自 2000 年以來每年都獲得新聞界的人權新聞獎。但在 2008 年 10 月刊關於中國敏感話題報導遭人惡意破壞,不少文句被人塗改、錯位,以致無法閱

讀，而非政治性文章則隻字未改，是創刊 20 年來第一次，不僅損害雜誌的信譽和民眾知情權，也是對香港新聞自由、出版自由的侵犯。

三、大陸媒體──南方周末、財經

以休閒、生活，情趣為主要特點的周末報，產生於 1980 年代中期，90 年代初達到高潮。當時，五花八門的周末報在各城市的報攤上隨處可見。《南方周末》是在這樣的年代下創立，1984 年 2 月 11 日《南方周末》的問世，如呱呱落地的弱小嬰兒，當時只有七千份的發行量。

如今，周末報大部分已經銷聲匿跡，而最早創刊的《南方周末》，在經歷了 19 年的歷練之後，不僅成為中國發行量最大的綜合性周報，而且獨特的辦報理念和鮮明的時代特徵，在中國報業市場佔有重要地位。

《南方周末》以深入報導社會新聞大案、要案著稱。例如，1998 年山兩假酒案件的報道《朔州毒酒慘案直擊》、1999 年四川《綦江垮橋的背後》的事故調查、2000 年對金融腐敗現象的系列報告《股市黑幕》等，迅速提升了自己的社會影響力。。

相較於兩岸三地具有影響力雜誌中，《財經》雜誌是最晚成立。以關注改革，記錄改革、促進改革為使命的財經雜誌在 1998 年 4 月問世，當時取名為 Money，直到 2000 年才正式以《財經》刊名發行。

自創刊以來一直堅持獨立、獨家、獨到原則。以《財經》的發展過程來看，其發展期一系列揭秘性的深度報導為自己獲得很大的影響力與關注度。但在更深層的層面看來，它建構了一個朝向自由主義市場經濟過程的中國，一個全球化的受益中國。

思考問題

1. 請問台灣目前四大報是哪些？其各別的特色為何？
2. 中國大陸最有影響力的報紙為何？為什麼？
3. 台灣主要的有線電視台有哪些？有線電視與無線電視台有何區別？
4. 請說明公共廣電集團的成立宗旨與目的。

實作作業

1. 請同學分成若干組，針對教師課堂上所介紹的華文知名報紙、廣播電視、通訊社及雜誌，挑選出若干家，請同學蒐集相關資料，製作成一份報告，繳交報告並向全班進行口頭報告。

參考書目

人民網（2004 年 2 月 25 日）。解讀《南方周末》的精神緣。取自：
　　http：//www.people.com.cn/GB/14677/21966/2358812.html

人民網（2007 年 7 月 25 日）。人民日報社簡介。取自：
　　http：//media.people.com.cn/BIG5/22114/87028/87031/6031317.html

天下雜誌（無日期 a）。創刊理念。取自：
　　http：//www.cw.com.tw/about/philosophy01.jsp

天下雜誌（無日期 b）。天下觀點。取自：
　　http：//www.cw.com.tw/about/perspective.jsp

天下文化書坊（無日期）。遠見・天下文化事業群簡介。取自：
　　http：//www.bookzone.com.tw/copyright/aboutus.asp

天津衛星電視（2007）。亞洲電視。取自：
　　http：//www.tj-iptv.com/show.aspx?id=1&cid=5

王小宇（2009）。《大公報》簡介。取自：
　　http：//hxd.wenming.cn/zhuanti/jg60nian/2009-02/12/content_22402.htm

中國新聞網（無日期）。中新社簡介。取自：
　　http：//www.cns.hk：89/common/footer/intro.shtml

民視（無日期）。關於民視。取自：http：//www.ftv.com.tw/

自由時報（無日期）。本社簡介。取自：
　　http：//www.libertytimes.com.tw/2002/new/feb/22/liberty.htm

周文凱（2008）。中國大陸境外衛星頻道發展之政治經濟分析──以鳳凰
　　衛星電視為例。中國文化大學中國大陸研究所碩士論文，未出版，台
　　北市。

東方報業集團有限公司（2009a）。企業使命──企業願景及使命。取自：
　　http：//opg.com.hk/tc/mission.html

東方報業集團有限公司（2009b）。企業使命──大事年表。取自：
　　http：//opg.com.hk/tc/history.html

東森電視台（2006）。公司簡介。取自：
　　http：//www.ettoday.com/ettv2003/02/index2-2.htm

杜恩湖（2009 年 7 月 10 日）。打造」中國 CNN」新華社電視新聞全球播
　　報。北京新浪網。取自：
　　http：//dailynews.sina.com/bg/ent/sinacn/20090710/1350463243.html

亞洲週刊（無日期 a）。公司簡介。取自：http：//www.yzzk.com/cfm/About.cfm

亞洲週刊（無日期 b）。新聞獎項。取自：
　　http：//www.yzzk.com/cfm/NewsAward.cfm

財經網（無日期）。《財經》大事記。取自：http：//corp.caijing.com.cn/history/

商業週刊（無日期 b）。關於商周媒體。取自：
　　http：//www.businessweekly.com.tw/aboutus.php

解放軍報（無日期）。《解放軍報》簡介。取自：
　　http：//tp.chinamil.com.cn/homepage/pladaily.htm

開放雜誌編輯部（2008 年 10 月 14 日）。《開放雜誌》遭惡意破壞。取自：
http：//www.dajiyuan.com/b5/8/10/15/n2297752.htm

對《財經》雜誌封面文章的個案研究論文（無日期）。取自：
http：//www.paper789.com/paper_cvbc58/

維基百科（無日期）。亞洲週刊。取自：
http：//zh.wikipedia.org/zh-tw/%E4%BA%9E%E6%B4%B2%E9%80%
B1%E5%88%8A

讀者文摘（無日期）。關於讀者文摘。取自：
http：//www.readersdigest.com.tw/rd/rdhtml/ce/aboutus/about_home.jsp

蘋果日報（2008）。關於蘋果日報。取自：
http：//tw.nextmedia.com/applenews/aboutapple

趙靜瑜（2009 年 3 月 6 日）。讀者文摘傳破產　總部發聲明否認。自由時
報。取自：
http：//www.libertytimes.com.tw/2009/new/mar/6/today-life9.htm

薛愛民（2009）。中央電視台概況。取自：
http：//cctvenchiridion.cctv.com/20090617/113152.shtml

鳳凰網（無日期）。文匯報詳細資料。取自：
http：//big5.ifeng.com/gate/big5/finance.ifeng.com/company/data/detail/
2911.sht

第十五章　新聞自由、道德與法規

邱瑞惠編寫

關於新聞自由的意義最常被引用的為國際新聞協會憲章的定義：新聞自由應包括自由接近新聞、自由傳遞新聞、自由發行報紙、自由表示意見等四項基本原則。我國法律學者林子儀認為，新聞自由是一種制度性基本權利，是憲法為了保障新聞媒體作為現代社會的一個重要的制度，而保障新聞自由的目的是為了使媒體能善盡監督政府的功能，因此以新聞自由來維持新聞媒體的自主性（林子儀，1999）。新聞自由基本上應使媒體免於來自各方勢力的壓迫，維持獨立自主性，以能提供社會多元化的資訊。

新聞自由對一個民主社會的資訊供應背負著十分重要的責任，但自十九世紀末「黃色新聞」興起後，新聞業為追求商業利益而出現大量羶色腥的報導，喪失了其原所應具備的教育、監督和決策的功能。因此 1947 年美國新聞自由委員會發表「社會責任論」的說法，其中主張在維護大眾知的權利之下，新聞傳播事業應享有自由，但在其與個人隱私、或國家安全之間有所衝突時，仍要在民眾知的權利和社會責任之間，做出明智的劃分和抉擇。而新聞媒體在擴張為龐大的新聞組織的同時，也應顧及新聞道德，除應在報導中做到客觀中立外，也應思考什麼樣的新聞是民眾所「需要」的，什麼樣的新聞將造成對社會長久的負面影響。有鑑於此，各國皆制定相關法律來合理規範新聞自由權利與義務的實踐，以避免造成毫無節制的權利主張，或是無法律救濟的權利限制。

第一節　新聞自由的意義

　　言論自由是自由民主社會所保障的基本人權，憲法第十一條有明文規定，不過憲法為保持其永久性，制憲者所用文字大多抽象，以保持適用的彈性。所以對於憲法保障言論自由究竟應到什麼程度，眾說紛紜。而若單從憲法所規定的文字來看，似乎沒有保障新聞自由的條文；不過台灣多數學者受到美國著作和聯邦最高法院的影響，都採取新聞自由和言論自由是同一個概念的立場。也就是說新聞自由也在憲法第十一條所保障的範圍內。關於言論自由倒底有什麼價值，憲法為什麼要保護言論自由，目前有三種理論可以解釋（林子儀，1999）：

一、追求真理說（truth-seeking theory）

　　如依照理論形成的時間順序，追求真理說是最先被提出的言論自由理論，其認為要保障言論自由的主要原因，是因為言論自由可以幫助我們發現真理，增長知識，由於言論的自由開放，我們將可從真理和謬論的競爭中發現真理。提出此論點的代表學者是 19 世紀的英國哲學家 John Stuart Mill，在他的名著「自由論」的第二章中，Mill 提出幾個理由來說明其理論。第一，他強調人非萬能，不可能永遠不犯錯。因此，僅管我們能了解很多事情，但我們也必須承認那些被我們所認為是謬論而扼殺的言論，有可能是真的。既然我們不能絕對分辨真理和謬論，就不能隨意限制任何言論的發表。否則，我們可能禁止了真理的傳佈，減少了大家接近真理的機會（Mill，1859）。Mill 假定既使我們能確定已存在的言論是真理，而且全部都是真理，也不應該因此禁止與它相對的完全謬誤的言論。因為要讓真理不致墮落成武斷或偏見等自以為是的產物，而是

有相當合理的根據，那麼我們所認知的真理必須接受與它相對意見的挑戰和檢驗。

　　Mill 也假定若目前的言論是部分真理、部分謬誤的，我們也不應予以限制。因為無論任何人對任何問題所發表的任何意見，很少或甚至從來都不是百分之百的真理。只有讓各種不同意見彼此爭執衝突，彼此互補，才有可能使彼此已存在的部份真理，有機會發展成完全的真理。

　　另外，若對謬誤言論加以禁止，還有其他害處。也就是我們所認知的真理，因缺少與其不同意見的挑戰，我們就會缺少運用理性或個人親身體驗真理的機會。久而久之我們將無法再對這個真理產生真實且持續性的信仰，心靈也會日益萎縮。

二、健全民主程序說（democratic process theory）

　　美國共和黨領袖傑佛遜（Jefferson）堅持新聞自由是一種天賦人權，更是民主政治重要的一環。他說，防止人民不軌起事之道，是經由報紙將與人民有關的新聞充分供給他們，再籌畫有效的方法，使報紙能深入群眾之中。我們政府的基礎，是人民的輿論：我們首要的目標就是要保障那種權利。如果由我來決定，是否我們可以有政府而無報紙，或者有報紙而無政府，則我將毫不遲疑的選擇後者。健全民主程序說主張言論自由之價值在其有助於民主政治程序之健全，因為言論自由可提供社會大眾較充分之資訊，使知能在參與政治決定時作出較正確之決定，致民主政治之運作能較為健全。

三、實現自我說（self-fulfillment or self-realization theory）

活潑的思想、有創意的概念，是促進社會進步的原動力，所以應受到尊重。表現自我說（self-expression theory）：主張言論自由之基本價值乃在保障個人發展自我（self-development），實現自我（self-realization），完成自我（autonomy），亦即保障個人自主及自由之自我表現（self-expression）。言論是否值得保護，並不在是否對他人有用——例如利於追求真理，或促進健全民主程序——也不一定在乎其是否能幫助表意者自身成就高超之目的，而在乎此種言論是否為表意者獨立自主且自我決斷之一種自我表現。因為個人之存在，絕不只是為他人完成某種目的之工具，個人自身即是目的。

綜合上述，新聞自由之所以重要，是在於民主社會的公民，都應該有知的權利；若在以民為主的社會中，人民卻不知道國家發生了什麼事，在參與公共事務時就無法做出正確的決定。在新聞自由的維護下，人民才能有創意的思想、活潑的觀念，若壓抑人民的獨立思考，則不僅個人無法成就自我，社會也將變得停滯不前，真理的傳佈因此被禁止，使得人民沒有接近真理的機會。

第二節　誹謗與新聞相關法規

關於和新聞自由權利有所衝突的許多利益中，其中之一所牽涉的便為侵害個人或企業的名譽，由於每個人有要求其聲譽免受不當侵犯和傷害的權利，這也反映人類對基本尊嚴及價值的基本觀念，因此早期各國法律就確定了聲譽是一種值得加以保護的權利。新聞工作者有時會因報導引起當事者不滿，而興起法院訴訟，從過去一些重大案例中得以顯示，在新聞自由和保護名譽兩種利益之間具有

無可避免的衝突，以及記者在涉及誹謗可能會面臨民法與刑法的刑責。以下就相關誹謗條文及案例一一說明。

一、誹謗罪相關條文及要件

（一）普通誹謗罪

　　刑法第 310 條第 1 項規定：「意圖散布於眾，而指摘或傳述足以毀損他人名譽之事者，為誹謗罪，處一年以下有期徒刑、拘役或五百元以下罰金。」此即為普通誹謗罪。其構成要件為：

1. 需意圖散布於眾——意圖是指主觀有意散布之意思，將事實傳布於不特定多數人，使大眾得以知道某事。
2. 另外，需指摘或傳述足以毀損他人名譽之事。指摘意為就某一具體事實加以揭發；傳述，即為將他人所指摘之具體事實轉述他人。
3. 同時需指摘或轉述之事，是足以毀損他人名譽之情況。名譽是人在社會上之聲望和評價，名譽可分為人格和聲譽。人格是每人與生俱來之權利，每個人的人格皆平等應受重視。聲譽即為每人經由努力創造，所獲得的社會地位。

（二）加重誹謗罪

　　刑法第 310 條第 2 項規定：「散布文字、圖畫犯前項之罪者，處二年以下有期徒刑、拘役或一千元以下罰金。」此處構成要件與普通誹謗罪大致相同，不過第 2 項加上了以散布文字、圖畫的方法為之。意味為以文字或圖畫指摘或傳述足以毀損他人名譽之事，方法可以為散發傳單、郵寄、媒體刊登等。

（三）妨害信用罪

刑法第 313 條：「散布流言，或以詐術損害他人之信用者，處二年以下有期徒刑、拘役或科或併科一千元以下之罰金。」散布流言，指將不實的流言加以流傳，方法可以為口語、文字、廣播等。而所謂信用，是指人在社會上經濟之評價，包括其財產上之支付能力、以及其誠實信用之表現。如未經查證報導某公司週轉不利即將倒閉，或某人破產等。

二、誹謗罪之免責條件

刑法第 310 條第 3 項：「對於所誹謗之事，能證明其為真實者，不罰。但涉於私德而與公共利益無關者，不在此限。」

刑法第 311 條：「以善意發表言論，而有左列情形之一者，不罰：一、因自衛、自辯或保護合法之利益者。二、公務員因職務而報告者。三、對於可受公評之事，而為適當之評論者。四、對於中央及地方之會議或法院或公眾集會之記事，而為適當之載述者。」以下分別說明：

(一) 以善意發表言論，並因自衛、自辯或保護合法利益者。除非能證明有真確的犯意，同時原告必須證明其有實際惡意。如果記者報導的不是熱門新聞，新聞來源又不可靠，記者又有足夠時間查証卻未查証，就可能構成惡意毀謗。

(二) 公務員基於善意，因職務而報告者。在新聞報導中不會有公務員報告的現象，因此此項條款不會發生。

(三) 基於善意，對於可受公評之事，而做出適當的評論。可受公評之事乃指與國家社會有直接之關係，也就是與公共利益有關之事項。不過對公眾人物或官員，媒體應有相當大的空間去評

論，除非是惡意或不顧其真實性仍強行刊登。本項規定有兩個
要件：一為可受公評之事項；二為適當之評論，缺一不可。

(四) 對於中央及地方議會或法院或公眾集會之記事，而為適當之載
述者。對於上述會議或法院審理案件之情形，以不增減其原意
之記載方式，得免除刑事責任。

　　媒體記者的工作性質常有觸犯誹謗之慮，因此記者一方面應該
了解相關法律知識，同時也要在爭議新聞上，以平衡報導的方式來
處理；同時在報導錯誤後，應能迅即採取補救措施，向當事者道歉，
並刊出更正啟示。

三、誹謗相關案例

　　以下兩例皆為媒體未盡查證責任，所報導之事雖為可受公評之
事，但仍因此敗訴。

案例一、周刊報導蕭亞軒販賣毒品

　　　　在台灣因報導手法屢次引發侵害隱私權、名譽權爭議的
某周刊，於民國 90 年 12 月 6 日出版的第 28 期雜誌，以明
星蕭亞軒為封面人物，內文中一位聲稱和蕭亞軒熟識的幫派
朋友 ANDY，用第一人稱口述方式，指蕭亞軒在加拿大溫
哥華的求學生活中和賣大麻、搖頭丸的幫派分子交往密切，
且性生活開放，並影射生活淫亂、吃搖頭丸、抽大麻等。蕭
亞軒認為某周刊前述報導不實，且嚴重妨害她的名譽，遂提
出民事訴訟，要求出版某周刊的台灣分公司和撰文記者、總
編輯，負起連帶賠償三百萬元的侵權責任，並在中時、聯合、
自由、民生和大成等五家報紙刊登道歉啟事。

　　法官審理後認為，某周刊雖然派人赴加拿大採訪，並提出錄音帶和數位錄影帶等相關證據，作為報導並無不實的辯解，但是法官深入調查後卻發現，某周刊是向在百貨公司用餐或閒逛的青少年男女訪談，內容都是「聽說」的傳聞事證，並不是親眼見聞，在缺乏直接證據下，無法證明報導為真實。法官審酌蕭亞軒的受害程度，以及雙方的身分、地位後，認為求償三百萬元太高，昨日只判准一百萬元，並在五家報紙的影劇版刊登道歉啟事。本案是第一件該周刊被判敗訴要賠償的案例。（中國時報/影視娛樂/920723）

案例二、前副總統呂秀蓮控告新新聞案

　　副總統呂秀蓮控告新新聞侵權官司，台灣最高法院於民國 93 年 4 月 29 日三審定讞，判決新新聞敗訴。

　　最高法院認為新新聞作相關報導時，未盡查証義務，又未能証明呂副總統確有傳播陳水扁緋聞的事實，其報導顯有過失，應依二審判決回復呂秀蓮名譽。

　　被告新新聞社長王健壯批評最高法院這項判決違法違憲，他們將聲請再審及大法官解釋，尋求翻案，原告呂秀蓮則呼籲新新聞尊重最高法院判決，從速履行登報道歉的法律義務。

　　依三審定讞的結果，新新聞公司必須和社長王健壯、總編輯李明駿、採訪主任陶令瑜、主編吳燕玲、撰文記者楊舒媚五人，連帶負起損害賠償責任；共同將道歉聲明及判決主文、理由，以二分之一版面刊登在聯合報、中國時報、自由時報、工商時報的全台版頭版各一天。

　　最高法院合議庭雖排除民事訴訟適用大法官第 509 號解釋，但判決書處處可見 509 號的影子。判決書中明文指出，新聞自由攸關公共利益，國家應給予最大限度的保障，並從輕酌定新聞媒體工作者應負的善良管理人注意義務。

合議庭並在判決中指引新聞自由的界限說，倘若媒體在報導前業經合理查證，有相當理由確信其查證所得資料為真實者，應認定已盡善良管理人注意義務而無過失；縱然事後證明其報導與事實不符，亦不能課以侵權行為的損害賠償責任。反之，未加合理查證，或有明顯理由足以懷疑消息之真實性或報導之正確性，其與事實不符的報導，難謂無過失，應負侵權行為的損害賠償責任。

　　合議庭認為，本案爭訟的相關報導唯一消息來源，是共同參與該報導的新新聞總編輯李明駿（即楊照）自稱接獲呂秀蓮的電話；而經被告採訪總統夫人吳淑珍、總統府相關人士蕭美琴、蔡明華等人，均不能證明呂秀蓮傳播了緋聞，顯見「嘿嘿嘿」報導有「明顯理由足以懷疑報導正確性」的情形，並已侵害呂秀蓮名譽，應負損害賠償責任。

　　本案訴訟是因 89 年 11 月 16 日出版的第 715 期新新聞周報，以封面刊出「鼓勵緋聞、暗鬥阿扁的竟然是呂秀蓮」、台灣版的「陸文斯基」桃色疑雲封面故事，報導中提及呂秀蓮在 11 月初深夜，打了一通電話給媒體高層（指楊照），驚爆「總統府緋聞」，指陳總統和當時的總統府顧問蕭美琴有緋聞。呂秀蓮否認打過這通電話，向法院提起要求新新聞回復名譽的民事訴訟。

　　副總統呂秀蓮控告新新聞侵權案，最高法院判決新新聞敗訴；對此，民間司法改革基金會執行長林靜萍和律師李

永然都認為，法官雖一再強調，判決已將 509 釋憲精神融入，新新聞因未盡合理查證義務而須負民事責任，但已對媒體工作者產生不利影響，後續值得進一步觀察。（2005 年台灣年鑑）

第三節　隱私權與相關新聞法規

二十世紀自傳播科技和龐雜社會發展以來，大眾傳播媒體藉由精密儀器大量傳播個人資訊，個人隱私權遭受侵犯隨之日漸普遍。而法律在規範侵害個人隱私權的同時，也必須顧及資訊社會之下個人自由取得資訊的權利，在兩者利益折衝之下，首當其衝即為在決定公民知的權力相對於個人事務的關切，是否為構成民主社會的合法需要。

隱私權的概念起源自十九世紀末的美國，由於興起了黃色新聞寫作的報紙，侵犯隱私權的情形不斷出現，於是就有人提出了維護個人隱私的權利；首先提出的是兩位美國律師瓦倫（Samuel D. Warren）與卜蘭第斯（Louis D. Brandies），在這之後美國各州陸續承認了隱私權的存在。

不過隱私權的實質內容並不明確。1960 年代美國著名學者威廉·普羅沙將隱私分成四種類型：（一）侵入他人不願受干涉之隱密的私生活領域（又稱為隱私的「侵入」）；（二）公佈不願為他人所知的事實（又稱為因公開事實所造成的隱私侵害）；（三）公開某一事實而誤導他人造成錯誤印象（又稱為誤導他人造成錯誤印象之隱私侵害）；（四）姓氏、肖像遭他人利用作為圖謀不利之不當使用（又稱為不當使用）等四種類型（松井茂記，1994）。

一、隱私權相關條文

台灣法律中並沒有隱私權這個名詞，對於隱私權的保障則散見於憲法、刑法、民法等條文中，茲分述如下：

1.憲法

第 12 條：「人民有秘密通訊之自由」，指未經許可不能偷看他人信件內容或監聽電話。第 10 條：「人民有居住及遷徙之自由」，也就是居住地有不受任何人監視或侵入的權利。

2.刑法

第 3 百零 6 條侵入住居罪：「無故侵入他人住宅、建築物或附連圍繞之土地或船艦者，處一年以下有期徒刑、拘役或三百元以下罰金」。「無故隱匿其內，或受退去之要求而仍留滯者，亦同」。

第 3 百零 7 條違法搜索罪：「不依法令搜索他人身體、住宅、建築物、舟、車或航空機者，處二年以下有期徒刑、拘役或三百元以下罰金」。

第 3 百 15 條妨害書信秘密罪：「無故開拆或隱匿他人之封緘信函、文書或圖畫者，處拘役或三千元以下罰金。無故以開拆以外之方法，窺視其內容者，亦同。」

第 3 百 16 條洩漏業務上知悉他人秘密罪：「醫師、藥師、藥商、助產士、心理師、宗教師、律師、辯護人、公證人、會計師或其他業務上佐理人，或曾任此等職務之人，無故洩漏因業務知悉或持有之他人秘密者，處一年以下有期徒刑、拘役或五萬元以下罰金」。

3. 民法

第 18 條人格權之保護：「人格權受侵害時，得請求法院除去其侵害，有受侵害之虞時，得請求防止之。前項情形，以法律有特別規定者為限，得請求損害賠償或慰撫金」。

第 19 條姓名權之保護：「姓名權受侵害者，得請求法院除去其侵害，並得請求損害賠償」。

第 1 百 84 條獨立侵權行為責任：「因故意或過失，不法侵害他人之權利者，負損害賠償責任。故意以背於善良風俗之方法，加損害於他人者亦同。違反保護他人之法律，致生損害於他人者，負賠償責任。但能證明其行為無過失者，不在此限。」

第 1 百 95 條侵害身體健康名譽或自由之非財產上損害賠償：「不法侵害他人之身體、健康、名譽、自由、信用、隱私、貞操，或不法侵害其他人格法益而情節重大者，被害人雖非財產上之損害，亦得請求賠償相當之金額。其名譽被侵害者，並得請求為回復名譽之適當處分。」

二、侵犯隱私之免責條件

隱私權簡單來說，就是個人不受侵擾的權利，包括監視和侵入居住地。不過若新聞記者跟著政府官員到出事現場，是在職業要求下的作為，應屬合法。其它還有幾種記者可能免責的情況：

(一) 公共利益、公眾興趣（public interest）：有關公眾人物的事物因能引起公眾的興趣，同時有時報導為真實時可以免責。

(二) 公眾人物： 一個人如因其成就、名譽、行為、生活方式，或所從事的職業，而使其私人事物引起公眾之廣大興趣者即屬之，可進一步分為自願（如政治人物、演藝人員）與非自願型

（如犯罪事件受害人）。若報導的對象為志願性公眾人物則記者或許可以免責。

(三) 公開紀錄、公開場所： 若事件為公開紀錄，例如法庭、警局等製作的供查閱或報導之官方紀錄；或在公開場所發生的事件則可免責。在公共場合既使遭狗仔拍照，都不算侵犯隱私，而在非公共場合就會涉及侵犯隱私。

三、隱私權相關案例

對於隱私權的保護有兩派看法：自由主義派的看法是，無論報導對當事人造成多大傷害，若證明報導真實無誤，就無法律責任。保守主義派的看法則為，只要是屬於隱私，不管是否為公眾人物皆不應報導。公眾人物隱私保護的尺度一直是學界討論的重點，有相當多人認為公眾人物的隱私和名譽應弱化或受限，不過由以下國外兩例可發現實務上仍有相當的討論空間，媒體若要規避刑責，最好在報導或刊登照片前要獲得當事者同意。

案例一：散佈女星裸照媒體敗訴

一九九九年二月，珍妮佛安妮斯頓在自家後院僅穿內褲享受日光浴時，遭狗仔隊越牆偷拍了上空裸照。一九九九年底，這批未經授權的上空裸照被攝影師法蘭西斯納瓦瑞私自散布，之後陸續刊登在 Celebrity Skin、Celebrity Sleuth、High Society 等美國雜誌，並流傳到義大利、英國、法國刊在許多八卦媒體。二〇〇〇年八月，珍妮佛安妮斯頓以侵犯隱私權的罪名向洛杉磯高等法院提出控訴，將刊登這些裸照的雜誌出版社告上法庭。官司纏訟兩年多之後，在二〇〇二年七

月達成庭外和解。珍妮佛安妮斯頓以侵犯隱私權、破壞個人
名譽與肖像權等罪名將法蘭西斯納瓦瑞告上洛杉磯高等法
院。這起官司後來達成庭外和解，她除了正式接受法蘭西斯
納瓦瑞的道歉之外，還可以獲得五十五萬美元的賠償，法蘭
西斯納瓦瑞個人將要負擔十萬美元的賠償金，其餘四十五萬
美元將由他的保險公司承擔。

案例二：報導名模吸毒上癮媒體最終敗訴

《每日鏡報》2001 年 2 月間刊登一則有關超級名模娜歐蜜‧
坎貝（Naomi Campbell）吸毒上癮的報導，報導中附有一
張照片，顯示她正離開倫敦西區切爾西的一個匿名戒毒活
動。每日鏡報堅稱，此一報導符合公眾利益，而上訴法院
接受此說，理由是：名模確實染毒，卻對外說謊；媒體發
現真相，並據實報導；名模是公眾人物，形象讓她得以增
添利益，因此，揭露其真實形貌合乎公共利益，具有新聞
報導價值。並以娜歐蜜曾公開否認自己吸毒為由，來推翻
高等法院的原判。但扮演英格蘭和威爾斯最高法院角色的
上院高級法官 2004 年 5 月 8 日判定，高等法院的原判正
確，每日鏡報侵犯了娜歐蜜的隱私權。英國上院高級法官
以三比二作出裁定，推翻了上訴法院的判決；後者在兩年
前取消了每日鏡報須支付給娜歐蜜坎貝的三千五百英鎊
（六千二百七十五美元）損害賠償金。

第四節　國家安全與相關新聞法規

一、美國國家安全法規制定淵源

　　「國家安全」與「新聞自由」之間也一直是新聞界爭議的焦點。同時各國在法律條文中，也都制定了因國家安全的需要而對新聞自由的某些限制。在美國過去歷史當中，其國會第一批法令裏，〈煽動言論法〉規定批評政府的報紙行為是觸犯法律的，理論根據是這種批評會危及剛成立的新政府，這種哲學在一些剛獨立的國家很盛行。但是傑佛遜（Thomas Jefferson）認為，〈外僑法〉和〈煽動言論法〉公然觸犯了憲法賦予的權利，因此，傑佛遜擔任總統後，廢除了這兩項法令。

　　二十世紀初，美國逐漸成為世界強國，需要保護的東西也越來越多，同時戰爭已經擴大為世界大戰，國家安全也就越來越受到威脅，美國公眾也在這樣的氛圍下，允許政府在戰爭期間破例限制言論和新聞自由。第一次世界大戰期間，美國通過了〈間諜法令〉，規定出版可能被敵人用來反對美國的消息就是犯罪，這種法令隨著戰爭的結束而終止。

　　但是隨著冷戰和核武時代的到來，美國國會感到國家安全又十分脆弱。1950 年，國會通過一項法令，規定洩漏電信偵查，或者出版涉及美國偵查活動的秘密情報是犯罪。1985 年美國政府第一次以 1950 年的這項法令，向個人提出訴訟，此名政府部門的職員被發現向英國國防部的一家雜誌，出售三張秘密間諜衛星照片。1986 年中央情報局局長威廉・凱西通知《華盛頓郵報》、《紐約時報》和 NBC 新聞節目，如果他們刊登或播放在數次間諜案審理過程中洩漏給新聞界的消息，他們就會被指控觸犯間諜罪。這是政府

官員第一次公開向新聞界施加官方威脅，表明美國政府在這個領域越來越嚴格。

　　五角大廈文件案是突顯國家安全與新聞自由間衝突最著名的例子。〈美國對越南決策過程史〉是國防部的研究成果，被洩漏給新聞界。〈紐約時報〉和〈華盛頓郵報〉都決定根據刊登一些消息和摘要。司法部從法院獲得臨時禁令，阻止內容刊登。此案很快被送到最高法院，以六比三的投票結果通過報紙勝訴。

二、我國國家安全相關法規

　　我國在維護國家利益下的理念下，所制定的法律條文分述如下。

1. 憲法第二十二條：「凡人民之其他自由及權利，不妨害社會秩序、公共利益者，均受憲法之保障。」

2. 大法官 509 號釋憲文：「言論自由為人民之基本權利，憲法第十一條有明文保障，國家應給予最大限度之維護，俾其實現自我、溝通意見、追求真理及監督各種政治或社會活動之功能得以發揮。惟為兼顧對個人名譽、隱私及公共利益之保護，法律尚非不得對言論自由依其傳播方式為合理之限制。刑法第三百十條第一項及第二項誹謗罪即係保護個人法益而設，為防止妨礙他人之自由權利所必要，符合憲法第二十三條規定之意旨。至刑法同條第三項前段以對誹謗之事，能證明其為真實者不罰，係針對言論內容與事實相符者之保障，並藉以限定刑罰權之範圍，非謂指摘或傳述誹謗事項之行為人，必須自行證明其言論內容確屬真實，始能免於刑責。惟行為人雖不能證明言論內容為真實，但依其所提證據資料，認為行為人有相當理由確信其為真實者，即不能以誹謗罪之刑責相繩，亦不得以此項規定而免除檢察官或自訴人

於訴訟程序中，依法應負行為人故意毀損他人名譽之舉證責任，或法院發現其為真實之義務。就此而言，刑法第三百十條第三項與憲法保障言論自由之旨趣並無牴觸。」

　　大法官 509 號釋憲文，補充了新聞自由源於言論自由，在顧及個人名譽、隱私及公共利益之保護時，也可以對言論自由和其傳播方式作合理限制。

3. 「國家安全法」第 2-1 條：「人民不得為外國或大陸地區行政、軍事、黨務或其他公務機關或其設立、指定機構或委託之民間團體刺探、蒐集、交付或傳遞關於公務上應秘密之文書、圖書、消息或物品，或發展組織。」

　　「國家安全法」第 2-1 條中說明，人民不得為外國或其他公務機關或其設立、指定機構或委託之民間團體刺探、蒐集、交付或傳遞關於公務上應秘密之文書、圖書、消息或物品，或發展組織。

4. 「國家機密保護法」第三十二條：「洩漏或交付經依本法核定之國家機密者，處一年以上七年以下有期徒刑。因過失犯前項之罪者，處二年以下有期徒刑、拘役或科或併科新臺幣二十萬元以下罰金。第一項之未遂犯罰之。」中，說明洩漏或交付經依本法核定之國家機密者，處一年以上七年以下有期徒刑。

5. 第三十四條中，說明刺探或收集經依本法核定之國家機密者，處五年以下有期徒刑。

6. 「刑法」第 109 條中，說明洩漏或交付關於中華民國國防應秘密之文書、圖書、消息或物品者，處一年以上七年以下有期徒刑。洩漏或交付前項之文書、圖畫、消息或物品於外國或其派遣之人者，處三年以上十年以下有期徒刑。前二項之未遂犯罰之。預備或陰謀犯第一項或第二項之罪者，處二年以下有期徒刑。

在媒體涉及國家安全的報導上，過去常引起爭議的就是誰認定何為國家機密，以及國家機密的認定標準。不過民國九十三年開始實施的「國家機密保護法」，明確界定國家機密的定義和等級，已能從法制化角度來規範國家安全。

三、相關案例

案例一、《壹周刊》報導涉國家機密

> 2001 年 3 月 19 日，劉冠軍（前國安局會計長）通過台灣《壹週刊》，公佈國安局內部公文及帳目，指稱前國安局長殷宗文於 1994 年，在李登輝授意下將歷年結餘經費留存，作為總額高達 35 億元的國安局秘密經費，並偽造決算報表和公文應付審計部門的審查。國安局還在該經費下設立了「奉天專案」和「當陽專案」兩個基金。高檢署因國安局告發預定出刊的壹週刊涉嫌洩漏國家，24 日大舉搜查壹週刊雜誌社，已印出的刊物 16 萬本遭檢方扣押。

案例二、《中時晚報》刊登國家機密

> 《中時晚報》因以問答方式，全文登載台北地檢署與軍方聯合偵辦的，國安局出納組貪瀆案件的調查筆錄，而衍生出檢察官偵辦媒體洩密，搜索該報編輯部，及相關編輯人員與記者住處的案外案。

雖然美國法律准許對新聞媒體為搜索扣押，但對於書籍雜誌的扣押卻有特別限制。美國聯邦最高法院認為：依搜索扣押程序扣押

書籍時，政府僅得扣押一本或幾本。因為書籍雜誌之內容完全相同，扣押一本已足以成為犯罪偵查的證據，不得「大量」扣押書籍。當政府欲扣押大量的書籍或刊物時，因為人民有知的權利，在扣押前，必須舉行聽審，由當事人（政府與媒體）辯論，經法官裁決，使得大量扣押書籍。上述第一例中搜索壹週刊，若是為蒐証，查扣一兩本即可達到目的，大量的查扣恐怕逾越搜索扣押的合理範圍。查扣十餘萬本是否能掩人耳目，而政府是否有權利堵住現代資訊的流通？扣押之後，雜誌社另起爐灶大量印刷，反而刺激讀者的好奇心，助長閱讀的興趣，根本沒達到查扣的目的。維護新聞自由是普世價值，政府、媒體、司法機關皆應審慎行事，小心維護。

　　第二例《中時晚報》在案件仍在偵查程序當中，將被告或關係人的調查筆錄全文刊登，固然善盡揭發情治單位弊端，挖掘事實真相的任務，不過註明「絕對機密」的國安局公文，卻完整以原文照登方式出現在報紙頭版，恐怕並沒有充分的必要性。而且這種報導方式，顯示在新聞來源的取得上，明顯涉及有人洩漏職務上機密，牴觸法律的問題，目前並無免責的規定。

思考問題：

1. 請思考並舉例說明台灣媒體是否擁有新聞自由和新聞道德。
2. 在傳播科技衝擊下，新聞專業倫理和道德是否受到影響？

實作作業：

1. 請分析最近幾年所發生的媒體誹謗事件。

2. 請分析最近幾年所發生的媒體侵犯隱私事件。
3. 請從人民知的權利、新聞自由、國家安全、法律條文的面向來討論例年來新聞自由和國家利益的衝突事件。

參考書目：

北美洲台灣人教授協會、財團法人台大法學基金會（2000）。《新聞自由與大眾媒體》。頁 47，台北：前衛出版社。

林子儀（1999）。《言論自由與新聞自由》。台北：元照出版社。

王征、王濤、展江譯（2005）。《一個自由而負責的新聞界》，北京：中國人民大學出版社。

司法院大法官網站：http：//www.judicial.gov.tw/constitutionalcourt/，檢視日期：2008 年 04 月 17 日。

司法院法學資料檢索系統：http://jirs.judicial.gov.tw/Index.htm，檢視日期：2008 年 04 月 17 日。

全國法規資料庫：http://law.moj.gov.tw/，檢視日期：2008 年 04 月 17 日。

中華民國國家安全局網站：http://www.nsb.gov.tw/，檢視日期：2008 年 04 月 17 日。

李永然彙編（2004）。《常用小六法》（五版）。台北：永然文化。

蕭淑芬譯，松井茂記（2004）。《媒體法》（初版）。台北：元照出版有限公司。

社會科學類　ZF0022

新聞原理與編輯

編　　者 / 銘傳大學新聞學系
責任編輯 / 邵亢虎
圖文排版 / 鄭伊庭
封面設計 / 蕭玉蘋

法律顧問 / 毛國樑　律師
出 版 者 / 銘傳大學新聞學系
　　　　　（116）臺北市中山北路五段 250 號
　　　　　電話：(02) 28824564 轉 2355
　　　　　傳真：(02) 28809767
製作發行 / 秀威資訊科技股份有限公司
　　　　　114 台北市內湖區瑞光路 76 巷 65 號 1 樓
　　　　　電話：+886-2-2657-9211　傳真：+886-2-2657-9106
　　　　　http://www.showwe.com.tw
劃撥帳號 / 19563868　戶名：秀威資訊科技股份有限公司
　　　　　讀者服務信箱：service@showwe.com.tw
展售門市 / 國家書店（松江門市）
　　　　　104 台北市中山區松江路 209 號 1 樓
　　　　　電話：+886-2-2518-0207　傳真：+886-2-2518-0778
網路訂購 / 秀威網路書店：http://www.bodbooks.tw
　　　　　國家網路書店：http://www.govbooks.com.tw
圖書經銷 / 紅螞蟻圖書有限公司
　　　　　114 台北市內湖區舊宗路二段 121 巷 28、32 號 4 樓
　　　　　電話：+886-2-2795-3656　傳真：+886-2-2795-4100

2010 年 09 月 BOD 一版
定價：320 元

國家圖書館出版品預行編目

新聞原理與編輯 / 銘傳大學新聞學系編.-- 一版.
-- 臺北市：銘傳大學新聞系, 2010.09
　　面；　公分. -- (社會科學；ZF0022)
BOD 版
含參考書目
ISBN 978-986-6767-20-3(平裝)

1. 新聞學　2. 新聞編輯

890　　　　　　　　　　　　　　　99014373

讀者回函卡

感謝您購買本書，為提升服務品質，請填妥以下資料，將讀者回函卡直接寄回或傳真本公司，收到您的寶貴意見後，我們會收藏記錄及檢討，謝謝！如您需要了解本公司最新出版書目、購書優惠或企劃活動，歡迎您上網查詢或下載相關資料：http:// www.showwe.com.tw

您購買的書名：＿＿＿＿＿＿＿＿＿＿＿＿＿＿＿＿＿＿＿＿＿＿

出生日期：＿＿＿＿＿年＿＿＿＿＿月＿＿＿＿＿日

學歷：□高中 (含) 以下　　□大專　　□研究所 (含) 以上

職業：□製造業　□金融業　□資訊業　□軍警　□傳播業　□自由業
　　　□服務業　□公務員　□教職　　□學生　□家管　　□其它＿＿＿

購書地點：□網路書店　□實體書店　□書展　□郵購　□贈閱　□其他

您從何得知本書的消息？

　□網路書店　□實體書店　□網路搜尋　□電子報　□書訊　□雜誌

　□傳播媒體　□親友推薦　□網站推薦　□部落格　□其他＿＿＿＿＿＿

您對本書的評價：（請填代號　1.非常滿意　2.滿意　3.尚可　4.再改進）

　封面設計＿＿＿　版面編排＿＿＿　內容＿＿＿　文／譯筆＿＿＿　價格＿＿＿

讀完書後您覺得：

　□很有收穫　□有收穫　□收穫不多　□沒收穫

對我們的建議：＿＿＿＿＿＿＿＿＿＿＿＿＿＿＿＿＿＿＿＿＿＿

＿＿＿＿＿＿＿＿＿＿＿＿＿＿＿＿＿＿＿＿＿＿＿＿＿＿＿＿＿＿＿

＿＿＿＿＿＿＿＿＿＿＿＿＿＿＿＿＿＿＿＿＿＿＿＿＿＿＿＿＿＿＿

＿＿＿＿＿＿＿＿＿＿＿＿＿＿＿＿＿＿＿＿＿＿＿＿＿＿＿＿＿＿＿

11466
台北市內湖區瑞光路 76 巷 65 號 1 樓

秀威資訊科技股份有限公司　　　收

BOD 數位出版事業部

....

（請沿線對折寄回，謝謝！）

姓　　名：_____　　年齡：_____　　性別：□女　□男

郵遞區號：□□□□□

地　　址：_____

聯絡電話：(日) _____ (夜) _____

E-mail：_____